Salann Garbh

Salann Garbh

Joe Steve Ó Neachtain

Cló Iar-Chonnacht
Indreabhán
Conamara

An Chéad Chló 2009
© Joe Steve Ó Neachtain 2009

ISBN 978-1-905560-55-4

Dearadh clúdaigh: Abigail Bolt
Dearadh: Abigail Bolt / Deirdre Ní Thuathail
Ealaín an chlúdaigh: Pádraig Reaney

Foras na Gaeilge

Tá Cló Iar-Chonnacht buíoch de Fhoras na Gaeilge as
tacaíocht airgeadais a chur ar fáil.

the arts
council
chomhairle
ealaíon

Faigheann Cló Iar-Chonnacht cabhair airgid
ón gComhairle Ealaíon.

Clóchur: Cló Iar-Chonnacht, Indreabhán, Co. na Gaillimhe.
Teil: 091-593307   **Facs:** 091-593362   **r-phost:** cic@iol.ie
Priontáil: Clódóirí Lurgan, Indreabhán, Co. na Gaillimhe.

do Neasa agus do Dhearbhail

Clár

Saillte

Goirt an blas
ab ansa liom
ó d'fhás mé fiacla diúil,
an nádúr
a chuir ag aithris mé
ar na glúnta
a tháinig romham.
Ba é an salann
bóthar a leasa dhóibh,
ón gcliabhán
go dtí an chré,
gan dá n-oidhreacht
le roinnt agamsa
ach an blas
a d'fhan i mo bhéal.

Seasamh Talún

Déistean a chuir íomhá uilechumhachtach na bpóstaeirí ar Bheirní. Iad ina streoille ar fhad an bhealaigh ag breathnú anuas uirthi de chuaillí teileafóin. Fireann a bhformhór, ag impí ar an bpobal muinín a chur iontu sna toghcháin áitiúla agus i dtoghcháin na hEorpa. Cúl na tine tugtha d'éagsúlacht a gcuid bolscaireachta aici de réir mar a tháinig siad thrí pholl na litreach le achar aimsire roimhe sin. Í tar éis mionnú go diongbháilte nach dtabharfadh sí vóta do cheachtar acu go brách aríst tar éis don ghéarchéim eacnamaíochta í a bhriseadh as a post. Chuile shólás beag breise dár chuir an dara páighe de mhaith orthu gearrtha go dúid aici. Rud ar bith a raibh déanamh dá uireasa: an Fiesta beag darna lámhach; na cúpla geábh a théadh siad go dtí teach an óil ag ceiliúradh na saoirse; Joe, a fear céile, den tuairim go raibh a himní ag dul thar fóir nuair a fuair sí réidh leis an bhfón póca; ise ag sáraíocht gurbh fhearr súil romhat ná dhá shúil i do dhiaidh, ar fhaitíos go gcaillfeadh seisean a phost sa ngaráiste. "Beidh mé in ann corrcharr a dheisiú ar chúl an tí," a deireadh sé mar go dtug sé ón mbroinn leis a bheith muiníneach as misneach de Valera.

"Mar a chéile uilig sibh: paca rógairí," a mhungail sí faoina hanáil ag díriú a hamhairc ar dhuibhe an bhóthair.

Níorbh iad an chloch ba mhó ar a paidrín in ala na huaire ach an imní chéatach a bhí á cur ag coimhlint le teorainneacha luais. Comhairle Joe á cosc ar éigin ón dlí a bhriseadh.

"Imigh, imigh leat láithreach," ráite go práinneach aige tar éis don ghlaoch gutháin na deora a chur ag silt léi.

"Ach tá Fionn le bailiú ón naíonra, beidh an carr ag teastáil . . ."

"Socróidh mé rud eicínt, tá tusa ag teastáil níos géire ó do mháthair."

Ba eisean a bhailigh a cuid balcaisí agus a d'fhill go pointeáilte i mála iad fad is a bhí sí ag scaoileadh scaird as an gcith uirthi fhéin. Tobainne na teachtaireachta tar éis meall dóláis a at ina cliabhrach. "*Rushed to hospital with a suspected heart attack,*" ráite sách gártha ag duine de na comharsain. Smaoineamh dólásach a bhain léim chun cinn as an gcarr nó gur mheabhraigh faitíos foighid. Glogar a boilg ag fógairt ocrais ach a deifir rómhór le géilleadh dhó. Thosaigh sí ag suimiú an ama ar mhéaracha a ciotóige nuair a d'fhógair comhartha bóthair go raibh sí ag teannadh le Iúr Chinn Trá. Dhá uair thréana tiomána ó d'fhág sí Áth Buí na Mí. Ard Mhacha, Dún Geanainn agus Machairí – cuid mhaith de dhá uair eile, a mheas sí go cráite, nó gur mheabhraigh athsmaoineamh nach abhaile a bhí a triall ach go dtí an t-ospidéal i nDún Geanainn.

Míshuaimhneas na mblianta a chur faoi ndeara di moilliú ag teannadh leis an teorainn. Póstaer mór de Gerry Adams á dearcadh as cruas a shúl nuair a thrasnaigh sí go dtí an ríocht leath-aontaithe, gan póilín gan saighdiúir lena bac. Athrú nárbh fhéidir a shamhlú le linn di a bheith ag éirí suas. An tseanghráin ag cur blas searbh ar a béal anois fhéin agus maidhm feirge á hoibriú ag smaoineamh siar ar an drochíde a fuair siad, gan gair acu a bheith óigeanta de bharr chonstáblaí aontaobhacha an RUC a bheith á síorthreascairt. Streill fhrithmhagúil ar a ndreach nuair a stopaidís ar an mbealach go dtí cluiche peile i gCluain Eois iad. Na Péas ag stopadh scuainí fada de lucht leanúna Thír Eoghain agus á gcoinneáil ansin go héagórach nó go mbeadh an cluiche thart.

Fuath ar dhuibhe na hairne ag líonadh a croí ag smaoineamh ar an oíche a raibh sí fhéin agus triúr dá cuid cairde ag triall ar cheiliúradh na Debs. An tráthnóna caite acu ag goirm as na gúnaí, ag maisiú aghaidh agus ingneacha a chéile go dingliseach. Sceitimíní á gcur ag sioscadh go gealgháireach de réir mar a bhí an carr ag déanamh ar an óstán. Gan duibhe na hoíche ná dórtadh na báistí ag cur isteach orthu nó gur ghoin osna ón tiománaí a n-aire. An Constábla Speisialta Blackmore a bhí ina sheasamh i lár an bhóthair rompu. Protastún áitiúil a raibh aithne súl acu air. A lóchrann láimhe ag baint an tsolais as a súile ó dhuine go duine. "Out," a rasp sé go drochmheasúil. Sinneán gaoithe ag ropadh an dórtaidh i gcoinne a chulaithe báistí nuair a chuir sé ina seasamh sa lathach ar thaobh an bhóthair iad. Gan falach ar a mbráid ach iad ina mbuilcín ag iarraidh dídean a thabhairt dá chéile. Gan oiread is unsa grá Dé ina chroí nuair a chuir an doineann ag bladhrúch chaoineacháin iad. Cúlraí cíortha a gcuid gruaige ag titim ina líbíní báite thart timpeall a n-éadain. A n-achainí ag titim ar chluasa bodhra nó go raibh an carr cuartaithe ó bhun go barr ag dhá pheáitse dhubha eile a raibh sé ag tabhairt treoracha dhóibh. Gan láíocht ná leithscéal ach a chuid peáitsí a staonadh go borb ar deireadh thiar nuair a mheas sé an oíche a bheith curtha ó rath orthu. Na gúnaí ag sileadh na ndeor nuair a shuigh siad isteach sa gcarr an athuair.

Mhionnaigh sí an oíche sin Blackmore a chur dá chois nuair a thiocfadh sí in inmhe, agus chuirfeadh murach gur casadh Joe léi ag an bhFleadh Cheoil i Lios Tuathail is gur mheall an grá in aghaidh a cos thar teorainn í. Bóithre na smaointe a bhí ag giorrú an bhealaigh nó gur bhain comhartha bóthair Bessbrook stangadh aisti. Í ag moilliú an chairr go hómósach i gcuimhne a hathar, gan é de mhínádúr inti tiomáint thar an spota ar maraíodh é dá mbeadh a cailleadh den tsaol leis. Comhartha na croise le tabhairt faoi deara ar éigin in éadan cloiche móire leithne a bhí i gclaí an bhóthair.

Deifir uirthi ag aimsiú spalla nó gur ghreann sí comhartha na croise go follasach sa gcaonach liath. An t-aon chomhartha nach raibh siad ábalta a scrios, pé ar bith cé a bhíodh ag déanamh smidiríní de chuile shuntas eile dár shíl siad a chur ag marcáil a chuimhne. A liachtaí Domhnach ar éiligh a máthair í a thiomáint go Bessbrook nó go gcaoinfeadh sí a briseadh croí sa spota seo. Smaoineamh a chuir ag sodar ar ais go dtí an carr í.

Súil ar an am á brostú chun bóthair aríst. Fód báis an athar nach bhfaca sí ariamh tar éis í a ghríosadh chun misnigh. Bheadh a máthair bródúil. An phian a bhíodh ina glór ag teacht chun cuimhne nuair a thosaíodh sí ag aithris an uafáis do Bheirní.

"Dúnmharú a bhí ann, ní tada eile," a deireadh sí agus meacan an ghoil ag cur creathadh ina glór. "Go Londain a chuaigh muid ar mhí na meala, áit ar fhan muid ar feadh trí bliana, ag obair ó dhubh go dubh, Domhnach is dálach. Fíbín orainn ag iarraidh oiread airgid a shaothrú is a chuirfeadh dlús le teach nua ar bhruach na locha sna Machairí. Ní móide go bhfillfeadh muid ar feadh bliain nó dhó eile murach Dia a bheith tar éis tusa a bhronnadh orainn. Chúig mhí a bhí mé do t'iompar nuair a thug muid ár n-aghaidh abhaile, é tiomnaithe againn araon gur i nádúr ár ndúchais a shaolófaí thú. Bhí an oíche tite nuair a d'fhág muid Dún Laoghaire, muid lán le brí agus gliondar croí ag trasnú na teorann.

"Ceistníodh agus cruacheistníodh ó dheas is ó thuaidh muid, cuid den phionós aimsire a bhíodh de bhreithiúnas aithrí ar gach taistealaí. Drithlíní aoibhnis ár mbrostú thrí dheisceart Ard Mhacha, é i ngreim láimhe ionam nuair a scread sé. Leoraí airm nár aimsigh na soilse go dtí an nóiméad deiridh a bhí trasna an bhóthair romhainn. Oiread de gheit bainte asainn is gur bhain sé scread as na coscáin. Ba leor sin mar ugach do na bastardaí. Bhí an carr tugtha chun suaimhnis go sábháilte aige nuair a mharaíodar le cith urchar é. *Terrorist attack* a mhaígh siad. Gan samhail acu ach paca deabhal as íochtar ifrinn lena raibh de dhath dubh smeartha ar a n-éadain. Ocht n-uaire an chloig a d'fhágadar ansin sa gcarr muid.

Mise idir mo bheo agus mo mharbh de bharr urchar a chuaigh thrí mo ghualainn. Oiread uafáis orthu ag tnúthán le buama a fháil sa gcarr is nár lig siad dochtúir ná otharcharr ina ghaobhar nó gur gheal an lá. Ach níor gheal an lá dhomsa, ná aon lá eile de mo shaol, ach an dearg-ghráin do mo ghríosadh chun díoltais."

Géibheann de chineál eile a thug Beirní chun aireachais. Ospidéal Dhún Geanainn ina mheall doichill amach roimpi. Maidhm teannais ag tochtadh ina hucht is í ag triall go luathchosach ar an ionad dianchúraim croí. Í á spreagadh fhéin chun misnigh faoi chomhair na hanachaine; creathadh truamhéalach de chloigeann banaltra nó tuar dochtúra, b'fhéidir, ar thob í a chiapadh. Chomh spriosánta le meannán míosa a fuair sí roimpi sa leaba í, roic an dúshláin i gcruinní a béil agus a súile dúnta in aghaidh an déistin a bhí á cuibhriú.

"Tabhair abhaile as seo mé," an chéad abairt a thaosc as domhain a hintinne chomh luath in Éirinn is a bhíog cogar sólásach a hiníne in airdeall í. An leithscéal á splancadh chomh mór chun saoirse is go raibh ag teip ar Bheirní foighid a chur inti nó go dtáinig banaltra go smachtghlórach i gcabhair uirthi. Le fáisceadh drogallach dá beola a ghéill sí ar an tuiscint go mbeadh cead a cos an lá dár gcionn aici.

"Fanfaidh mise anseo go maidin in éineacht leat, a Mhamaí," á suaimhniú de réir mar a bhí Beirní á hathchóiriú i dteas na n-éadaí.

Le nod discréideach dá ceann a threoraigh an bhanaltra do Bheirní í a leanacht i dtreo stáisiún na n-altraí. *More sinister than a heart attack*," a bhí ráite ag an dochtúir. Bheadh aistriú fola ag teastáil go rialta. Bhí cead abhaile aici chomh luath is a bheadh duine ar fáil lena fosaíocht go seasta. Níorbh fhéidir í a fhágáil ar thaobh tí aisti fhéin.

Dá mbeadh cás ar bith i meabhair nua-aoiseach an teileafóin, ní chuirfeadh sé siolla as a phutóga ag tráth chomh goilliúnach. An bhanaltra á ardú agus ag ceilt fios a fheasa ar a cluais de réir mar a d'ídigh sí breithiúnas cráite a dualgais.

"Tá mórchuid damáiste déanta dá croí. Bliain ar a ollmhéid a mheas an dochtúir, ach go bhféadfadh taom í a chriogadh nóiméad ar bith mura bhfaighidh sí aire na huibhe . . . Hello?" Lagar spioraid a bhí ag lúbadh na n-ioscadaí faoi Bheirní ag éirí den chathaoir. Nod scéiniúil a súl ag cur a buíochais in iúl. Cíor thuaifil a hintinne á treorú go mallchosach i dtreo na cinniúna. "An bhfuil Fionn agus Joe in éineacht leat?" curtha go bíogúil mar fháilte ar ais roimpi; ala ciúinis ansin de réir mar a bhí súil mheabhrach na máthar ag léamh a hintinne nuair a chinn ar Bheirní a thabhairt de fhreagra ach creathadh diúltach dá ceann. "Tá mo bhreithiúnas báis cloiste agat?" Gan aithne uirthi nach ag caint go fánach ar an aimsir a bhí sí. "Ná cuir suim ar bith ina gcuid cainte sin, nach gcaithfidh siad a bheith ag caint ar rud eicínt. Nár thuar arm Mhaggie Thatcher mo bhás go mion minic is tá mé anseo fós dá míle buíochas. Ná tabhair de shásamh dhóibh sin go bhfeicfidh siad ag caoineachán thú. Nach gcaithfidh duine bás a fháil uair eicínt. Níl aon imní orm anois ó tharla tusa a bheith ar ais sa mbaile in éineacht liom."

Abairt a bhí tar éis an briseadh croí a iompú droim ar ais, intinn Bheirní ag malartú freagraí go léanmhar de réir mar a thochail sí ar thóir freagra sásúil dá géarchéim. Sáinn mar thoradh ar na cúpla roghain a bheartaigh sí, amhail míoltóige a bheadh i bhfastó i nead an damháin alla. Chuile fhocal as béal a máthar á cuibhriú tuilleadh.

"Tiocfaidh Joe agus Fionn abhaile anseo in éindí leat. Cuirfidh sin scéin sna bastardaí gallda atá ag iarraidh muid a chur as seilbh i gcaitheamh an tsaoil."

Bhí aoibh bhuacach ag cothú spreacadh in amharc bagrach a súl. An cath deireanach buaite aici agus í ag tnúthán le dhá mhéar mhallachta a fhágáil le huacht ag an mianach Oráisteach a bhí dólúm á ciapadh go héagórach.

Seasamh roimpi as láimh a mheas Beirní, gan aon anonn ná anall ach a rá glan amach léi nach raibh sí in araíocht a baile nua ar an Áth Buí a fhágáil. Na focla ar bharr a goib ach gan é de dhánaíocht inti stad a chur i roiseadh cainte a máthar. Díocas damanta a cuid samhlaíochta ag bailiú nirt mar a bheadh ginearál airm ag bíogadh a chuid trúpaí. Chuirfeadh Joe eallach ar na deich n-acraí talún a bhí imithe i léig i dteannta lúd a cnámh. "Cuirfidh muide na bastardaí sin ina n-áit fhéin ó fhad go dtí é. Fál láidir cosanta a chur glan amach go dtí bruach na locha chun iad a stopadh ag trasnú ár gcuid talún. Déanaidís an *marina* in áit eicínt eile ach oiread is orlach den ghabháltas s'againne ní thaobhóidh siad go brách. Níl sé seachtain fós ó b'éigin dhom iad a ruaigeadh. *You're trespassing, get off my property,* a bhéic mé orthu. Gnúsacht a rinne siad ar nós madraí drochmhúinte. *We'll get it in spite of you, when you're confined to a six by three,* a rop duine de na bastardaí thrína chuid fiacla. Is leatsa an fód a sheasamh anois, a Bheirní, tá freagracht tí agus talún le m'uachta agat."

Mhothaigh Beirní sruth friochanta d'fhuil sheasmhach a muintire á bíogadh chun dúshláin, drioganna a bhíodh seasta síoraí á seadú nó gur mheall an grá trasna na teorann í. An fonn fíochmhar troda a rugadh léi á ghríosadh an athuair. Freagracht, a bhí fuilteach go minic, ar thob titim ar a crann sise. Cuimhne mhaith aici ar gach dúshlán dár thugadar in aghaidh mhaithe móra an chroí dhuibh as Port an Dúnáin. Bithiúnaigh, a shocraigh *marina* a fhorbairt den bhuíochas i mbun na deich n-acra talún. Iad den bharúil go raibh sé de cheart acu grifisc náisiúnach a bhrú faoi chois nó gur sheas sí fhéin agus a máthair go deilgneach ina gcoinne. Meanmnaí laochrais á bíogadh ag smaoineamh ar an oíche a ndeachaigh sí fhéin agus a máthair ar bord catamaráin mhóir áirgiúil. Iad ag uanaíocht ar a chéile nó gur ghearr siad ina dhá leath le toireasc láimhe í. Scor a thabhairt dá cuid rópaí ansin agus í a scaoileadh le gaoth sul má d'éalaigh siad abhaile go mórtasach. Sásamh breá acu ag breathnú ar an gcreatlach ag teacht i dtír ar an teilifís an tráthnóna dár gcionn, nuair a réab an RUC isteach ar fud an tí. Marú duine orthu ar thóir na deise gearrtha, a bhí báite go brách i bpoll portaigh. Dhá phunt siúcra a chaitheadar go discréideach i dtanc an díosail chun an Hymac a chur ina thost. Ach ní go haontaobhach a shéid gaoth fhealltach an chomhraic. Héileacaptair an airm ag ísliú de sciotán nó go dtiomáinfeadh alltacht a gcuid sciathán na beithígh amach sa bpoll báite. Gan seachtain sa mbliain nach dtugtaí postaí agus sreang an chlaí teorann as a lúdracha. Rabharta eascainí a chuireadh a máthair ina ndiaidh agus í á ndaingniú go nimheanta ar ais ina n-áit.

Níos mó ná peaca an amhrais sa tuairim choitianta gurbh é an cás buacach cúirte a throid sé ar son a gceart a chuir an tairne deiridh i gcónra a ndlíodóra. Feallmharú a chuir sceon ar Bheirní, fad a droma ag crinneadh anois fhéin ach gan díbliú céasta na mblianta tar éis feanc a bhaint as spiorad a máthar. Baslach péinte a thabhairt don teach ordaithe aici ach an talamh a chur ar chóir shábháilte i dtús báire.

"Taispeánfaidh muide don phaca bithiúnach sin nach bhfaighidh siad an lámh in uachtar go brách orainn. Fan go bhfeice siad Fionn ag cosaint seilbh a mhuintire a chúnamh dá athair. Cuirfidh sin dhá ghlúin eile i ndiaidh a gcúil, na bastardaí."

Fionn, ainm muirneach a maicín luaite le printíseacht na coimhlinte. Le craitheadh dá ceann a dhiúltaigh sí don chinneadh. An t-anam curtha trasna inti. Gasúirín lách soineanta, í á shamhlú ina shuí ar ghlúine a athar agus a chuid súile móra gorma ag sloigeadh na n-iontas as na scéalta beaga simplí a bhíodh Joe a aithris dhó. Ní bhfaigheadh sí ina claonta go brách a intinn neamhurchóideach a líonadh le fuath is le foréigean. Le craitheadh dá ceann a dhiúltaigh sí don chinneadh.

Le ala fada ciúinis a thug an mháthair suntas di. Ceann faoi a hiníne tar éis an chaint a chalcadh.

"Céard?" a d'fhiosraigh sí go taghdach, ag díriú aniar sa leaba.

B'éigin do Bheirní cnead a cheansú sul má bhí sé de mhisneach aici breathnú idir dhá shúil a máthar. "Ní theastaíonn uaim go mbeadh baint ná páirt ag Fionn leis an teannas seo. Ní theastaíonn uaim a bheith ag líonadh a chroí le fuath ná le oilbhéas."

"Ní theastaíonn sé ó cheachtar againn dá mbeadh neart air; ní muide a thosaigh an trioblóid," a rop sí ar ais go coilgneach.

"Ach tá na trioblóidí thart, a Mhamaí, tá síocháin i réim le deich mbliana."

Rinne sí staic de Bheirní le séideán dá cuid polláirí. "Tá cacamas i réim," a theilg sí ina treo go teasaí. Beirní ag ardú a láimhe d'fhonn gobán a chur ina béal ach é fánach aici. "Tá an pus ribeach sin agus brúta na bhfiacla bréige ag scríobadh dromanna a chéile os comhair na meán mar go bhfuil siad ag fáil íoctha go maith as."

"Ach tá síocháin thairis sin i réim, a Mhamaí."

"Ó, tá, má umhlaíonn muid d'Oráistigh is d'Aondachtóirí mar a theastaigh uathu ón tús. Beidh siad chomh mór linn is a bheadh gearrán bán le coca féir má thugann muid cead dhóibh siúl orainn. Cur i gcéill atá i réim. Lucht polaitíochta ag súil go gcraithfeadh mise lámh leis an mianach a rinne baintreach dhíom. An bhfuil do chnámh droma leáite ag na glaomairí caca sin ó dheas den teorainn? An bhfuil dearmad déanta agat ar Bhlackmore nó arb é an chaoi a dteastaíonn uait lámh a chraitheadh leis agus póg a thabhairt dá thóin?"

"Ní hea, is maith atá a fhios agat gur in ifreann ab fhearr liom é."

"An bhfuil dearmad déanta agat ar an mbail a chuir siad ar t'uncail Patsy, a shíl a theacht i gcabhair orainn, nuair a shnámh sé faoin uisce i gceartlár na hoíche agus an scian ina bhéal nó gur ghearr sé an corda a bhíodh ag tosaí na n-inneall de chuile bhád dá raibh ar ancaire thíos i mbun na talún. Muid ag ceapadh go raibh an buille feille buailte againn nó gur réab buíon mharfach na bpúicíní isteach ina theach ar a thóir. Thug Dia dhó go raibh sé imithe ag imirt chártaí, má thug. A chúigear clainne a strachailt amach as leapacha a rinne siad. Iad ag gártháil chaoineacháin nuair a cuireadh i líne le balla i dteannta a máthar iad. Go dtí cúig a chomhair siad sul má rinne siad corpán di le cith urchar, de bharr nach n-inseodh sí cá raibh sé. Ní duine a mharaigh siad ach a raibh sa teach, ar scáth ar fágadh beo dhíobh. Beirt acu in ospidéal meabhairghalair is an chuid eile imithe le fána an tsaoil. Tá a fhios agat cén deireadh a bhí le Patsy . . ."

Bhí a fhios. Thug sí fóiriúint dá cluasa le bosa a lámh ag iarraidh leagan lom a máthar den sciúrsáil a phlúchadh. Cuimhne dhomhain dhólásach aici ar an lá ar frítheadh a chorp sna giolcacha ar bhruach Oileán Coney. Féinmharú a thug na húdáráis mar bhreithiúnas báis air, cé go mbeadh dúnmharú i bhfad ní ba ghaire don fhírinne.

Chuir sí point a méaracha i bpoill a cluas go discréideach d'fhonn aiteall a fháil ón íde béil agus bealach a aimsiú as an tsáinn a bhí chomh teann le súil ribe faoina muineál. Labhairt le Joe, neamhaird eile a ghoill uirthi, oiread teannais ina turas is nár smaoinigh sí é a choinneáil ar an eolas. Síos an staighre agus a hanó a chur in iúl dó. Eisean a chuirfeadh comhairle a leasa uirthi. Gan mórán roghain aici. Contúirt réabtha dá labhródh sí ar theach altranais. Sin nó Joe agus Fionn a íobairt ar feadh scaithimh agus fanacht dá haltracht nó go gcuirfeadh Dia fios uirthi. Socrú nárbh acmhainn dá coinsias ná dá pócaí. Í a mhealladh ó dheas ina cuideachta an cinneadh ba ghaire do réasún. Níor mhór di é a phlé le Joe. Bhí Joe réchúiseach. Dhul síos go dtí an doras tosaigh agus glaoch ar Joe an gad ba ghaire don scornach.

Stolladh láidir cainte a d'aimsigh í ar dhíchorcáil na gcluas. Fuinneamh ina máthair ag cur dlaoi mhullaigh ar a hóráid.

"Tá a bhfuil de Chaitilicigh ar fud an domhain ag goirm as Íosa Críost mar gheall gur fhulaing sé bás ar ár son os cionn dhá mhíle bliain ó shin. Bhuel, fuair Patsy Ó hÉagáin bás ar ár son sinne agus tá sé de dhualgas orainn talamh a sheasamh ina chuimhne."

"Caithfidh mé a dhul síos an staighre go fóilleach, a Mhamaí."

"Hea?" Alltacht uirthi go gcuirfeadh rud ar bith eile isteach ar a rith cainte.

"Caithfidh mé labhairt le Joe is le Fionn."

Bhí an phluid caite i leataobh agus leathchois léi thar bord chomh luath is a chuala sí ainm a garmhic. "Tiocfaidh mé síos in éineacht leat."

"Ach ní féidir leat, níl cead agatsa an leaba a fhágáil."

"Tá mé ag iarraidh labhairt le Fionn."

"Labhróidh tú amáireach leis. Tá ocras ormsa freisin, caithfidh mé greim le n-ithe a fháil in áit eicínt."

Ba chumhachtaí a diomú ná abairt ó abhcóide nuair a shuigh sí go bundúnach ar an leaba. Croí scallta Bheirní ar thob pléascadh ag suí lena taobh. Grá docht daingean á cur ag muirniú bosa cnámhacha a lámh.

"Ná bí ag troid liom, a Mhamaí, ní féidir liom dhá leath a dhéanamh dhíom fhéin."

"Ní leat atá mé ag troid."

"Tá cion an tsaoil agam ort, a Mhamaí." Le fáisceadh beag dá bois a chuir sí a comhbhá in iúl.

"Tháinig muid as mórchuid gábh le chéile, a Mhamaí, ach tá mé i sáinn ag an gceann seo. Ní féidir leat a bheith ag súil go bhfágfaidh Joe a bhaile, san áit a bhfuil obair aige, le theacht aníos anseo."

Bhí brí na habairte ag ardú a cinn go mall mar a bheadh láir oilbhéasach ar thob maolú.

"Beidh míle fáilte ag Fionn romhat má théann tú síos in éineacht linne go dtí an tÁth Buí . . . ar feadh cúpla mí nó go mbeidh biseach ort."

Síoraíocht a bhí sa mallchasadh cinn a thug aghaidh ar aghaidh lena hiníon í. Fiántas fíochmhar sna súile neamhghéilliúnacha a bhí ar thob saighead a dhéanamh dá teanga.

"Urlámhas a thabhairt do na hamhais Oráisteacha ar sheilbh do mhuintire, ab ea?"

"Ní hea, a Mhamaí, ní –"

"B'fhearr liom bás a fháil sa gcaochpholl atá ar bhruach an locha. Choinneodh an boladh bréan uainn ar feadh achair bhig níos faide iad." Bhí an taghd tar éis í a chur ar a bonnacha. Fearg ar thob í a spréachadh i dtreo an bhaile de sciotán. Spléachadh léanmhar dá súil ag géilleadh don trealamh ospidéil a bhí á ceansú. D'iontaigh sí a droim lena hiníon nuair a luigh sí ar ais faoi na pluideanna.

Tréine a hanála ag ramhrú an teannais de réir mar a d'éirigh Beirní ina seasamh.

"Beidh mé ar ais gan mórán achair," ag éalú go ciúin óna beola.

Ba leor an tsúil chiotach chun í a ghortú go cnámh, ach ba dealg nimheanta sa mbeo an "Cúl le cine" a d'fhógair sí go feargach ina diaidh sul má chlúdaigh sí a ceann faoin bpluid.

"Foighid, a Bheirní," a d'impigh Joe, "stop ag caoineadh is inis an scéala ceart dhom."

"Tá mé i ladhar an chasúir aici, a Joe."

"Ssshh, níl olagón chun tada a leigheas ag an tráth seo."

"Níl fanta aici ach sé mhí, bliain ar a mhéid, a dúirt an bhanaltra. Níl aon bhealach éasca len é seo a rá, ach caithfidh mé fanacht anseo agus aire a thabhairt di."

"Céard?"

"A Joe, le do thoil ná tosaigh thusa ag troid liom."

"Níl mé ag troid leat, ach céard faoi aire a thabhairt anseo di?"

"In adharc an chochaill a chuaigh sí, an múille fhéin ní bheadh chomh stobarnáilte léi. Nach bhfuil aithne mhaith agat uirthi. Tusa agus Fionn a theacht aníos anseo ag ruaigeadh Aondachtóirí atá á mearú."

Bhí dubh na fríde de ré an achair ina scairt gháirí.

"Ní ag magadh atá mé: seilbh a choinneáil ar an ngabháltas an t-aon rún daingean a thabharfas bás suaimhneach di."

"Deabhal blas loicht air, is dóigh."

"Céard a dúirt tú?"

"Is dóigh gurb é an socrú is feiliúnaí dhúinn uilig é."

"Ach tá uisce faoi thalamh agus teannas ag brúchtaíl anseo go fóill. Cuirfear sna miotail thú mar gheall ar an talamh."

"Cuiridís leo; tá muide in ann chúig chárta a imirt freisin."

"A Joe, an bhfuil tú dáiríre faoi seo? Teastaíonn uaim go mbeadh saol sona suaimhneach ag Fionn."

"Leanfaidh Fionn an sampla a thabharfas muide dhó, ní bheidh stró ar bith air."

"Tá mé ag creathadh, a Joe. Ní theastaíonn uaim go mbeadh sibhse in umar na haimléise i ngeall ormsa."

"Níl ann ach cor tobann ar bhóthar an tsaoil; tá a fhios againn an bealach abhaile má chinneann orainn."

"Ó, Joe, Joe, fan go gcloisfidh Mamaí é."

Bhí an t-ardú meanman á deifriú i dtreo an staighre murach an scuaidrín daoine a bhí scaipthe ag boird ag dúil le ardú croí as cupán caife. Cuid acu gealgháireach go maith, mar a bheadh iontú bisigh tar éis dea-chríoch a thuar dá n-údar imní. Lorg na ndeor ag cothú ciúinis ag boird eile. Chuile dhuine is a anó fhéin, a smaoinigh Beirní, ag bleán cupán tae agus ceapaire as putóga innill. Gan é d'fhoighid inti an greim a ithe ar a compóirt le teann deifre chun an dea-scéal a dháileadh. Ina gheampaí a shloig sí an ceapaire, í ag diúgadh na cúpla blogam deiridh den chaife de réir mar a bhordáil sí i dtreo chiseán an bhruscair. An meáchan céatach a thóg Joe dá cuid guaillí ag éadromú a coiscéime in aghaidh an staighre. Trua mhillteach aici do chréatúr eicínt a bhí dhá bhanaltra a bhrú rompu go deifreach aníos an pasáiste. Giúin ghártha ag meabhrú di go raibh taom croí ag tabhairt a ndúshláin.

Mullach dlúthbhearrtha gruaige, chomh liath le dualta miotail, a bhain scread aisti.

"Mamaí!" a bhéic sí, an gheit á cur le báine. Lámh mharbhánta a máthar i ngreim go crua aici de bhuíochas thuineadh na mbanaltraí a bhí in alltacht ghéarchéime. Rith ina dteannta a rinne sí, a greim ag daingniú ar an láimh chaol chaite.

"Ná himigh uaim, a Mhamaí," a d'impigh sí go leanúnach. Seans níos fearr aici cogar a chur ina cluais fad is a bhí an *lift* á n-ardú i dtreo na bhflaitheas.

"Tá Joe agus Fionn ag athrú aníos in éineacht liom le aire a thabhairt dhuit fhéin is don talamh."

Driog fánach dóchais a d'oscail a leathshúil ar éigin, dóchas uirthi ag líochán na fírinne d'éadan a hiníne. Dubh na fríde de ghealgháire ag tabhairt ala sólais do dhreach pianmhar a héadain.

Na mílte buíochas sa bhfáisceadh lagbhríoch a thug sí do rostaí a hiníne.

"Defibrillator!" a rasp dochtúir ag baint Beirní as greim go gorálach. Gan aici ach sólás na ndeor á bhfaire ag iarraidh corp a máthar a phreabadh ar ais ó bhroinn na talún.

Sna Céadéaga

Solas geal lonrach, an tsíoraíocht achar uaidh, a bhain an anáil de Shéamas Óg. An faitíos, an líonrith, an sceoin imithe in éag. Suaimhneas millteach á mhealladh go fonnmhar i dtreo áilleacht an lóchrainn a bhí ag tuineadh leis go fáilteach i bhfad amhairc an tolláin. Lúd na ngealghéag ag géilleadh go síochánta de bhuíochas an réabtha fhíochmhair nár leor chun a thriall a chur dá threoir. Colainn ag strompadh i gcompóirt uisciúil na linne. Súilíní glogair a anála ag éirí in airde go mífhoighdeach. Léargas a shúl leata sa leacht crithlonrach a bhí ag cur samhail a bheirt charad as riocht. Iad fós ag seársáil go neamhairdiúil ar bhruach crua an phoill bháite nó gur chuir aeraíl chroíúil déagóra déagóir eile i ndiaidh a chinn sa snámh.

An cleas ceannann céanna a bhí tar éis áilleacht neamhshaolta an tolláin a chur ar taispeántas. Ba déagóirí iad triúr, saor ó stiúir thuistí, mórchuid fuinnimh le meilt go míásach i bhflaitheas tarraingteach na snámhlinne. Iadsan go paiteanta i mbarr uisce, rud nárbh amhlaigh dhósan dá ligfeadh mórtas cead dhó easpa na taithí a roinnt. Scaird uisce a chur go gealgháireach as píobán na hanála nuair a chuirfidís go muineál i ndiaidh a mhullaigh ar an tanaí é. Eisean chomh caithréimeach leosan ag rampúch go scafánta ina gcuideachta agus ag tapú gach deis lena gcur deiseal nó tuaifeal dá gcois sa mboguisce. Giodar meidhreach ann nuair a sháinníodar é. Gan i gcritheagla a chuid sianaíola ach macnas déagóra i míthuiscint a gcuid cluasa, á theilgan go spraíúil i ndoimhneacht na linne.

Meanmnaí na díth céille á ngríosadh go neamhurchóideach i bhfolach bhíog agus neart faitís á chuibhriú seisean go sceonmhar ar thóin an ghrinnill ghoirm. Cnead ag tachtadh an screada ina scornach, scamhóga ag scaradh go tréan le aer an tsaoil. Glórtha na gcarad plúchta ag mionghlogarnaíl uisce a bhí ag cogarnaíl go santach i bpoill a chluas. Buillí a chroí gan bhrí sa téachtadh fola. Léargas saolta ag tréigean a shúl de réir mar a threoraigh gile an tsolais a amharc ar shlí na fírinne.

Síoraíocht suaimhnis á mhealladh thrí bhéal an tolláin ach domhain a intinne ag diúltú cead cinn d'achar an anama. Gan de chaitheamh i ndiaidh an tsaoil á mhoilliú ach dobhrón na máthar a bhí sé a fheiceáil go follasach i mbuaine na cuimhne. Uisce glas a súl á choisreacan os cionn cláir. Bosa boga a lámh ag maothachtáil chreach an bháis, gan de cheasacht ar Dhia ina glór ach an díth céille a bhí sí a chásamh leis go mín mánla.

"Grá mo chroí ag crá mo chroí nó go séalóidh mé. A liachtaí uair a dúirt mé leat gur nuair is mó an greann is cóir ligean dhe." Rúndiamhair á chosc nuair ab áil leis a chur in iúl di gur sólás dá dólás a bhí sa radharc glórmhar ba léir dhó.

Buarach ba buaine ná téad imleacáin á dhealú go buacach thrí bhéal an tolláin. Aoibhneas dochreidte ag ruaigeadh chuimhní an tsaoil nó gur mhothaigh sé strachailt nár léir dhó. Dúil a anama ar bís ag iarraidh éalú ón bhfórsa saolta a bhí á tharraingt ar ais in aghaidh a chos. Geasa na háilleachta ab fhactas dhó á thnúthán chun cinn nó gur phlúch lámha láidre sólás an tsolais, á threorú ar ais in aghaidh stuif go dtí duibheagán glórach an tsaoil.

Graithí gan iarraidh ag fáisceadh ancaire uisce as a phutóga. Garchabhair na gcarad ag pógadh a n-anála thrína bheola go scáfar. Neart a ngéag ag déanamh boilg ceártan de bhéal a chléibh. A gcroí ina mbéal ar feadh seal, díocas ag cur céadéaga ar ceal. Ríméad ag iontú a ndubh ina gheal. Caipín sonais ag cothú brí a chuir rithim bheo bhríomhar ar ais ina chroí.

Céasta

Bhí lánúin óigeanta sínte ar fhad na leapan, gan gíog ná míog astu ach oiread is dá mba sínte os cionn cláir a bheidís. Uaireanta fada an dorchadais meilte acu ag iarraidh tarraingt anála a cheilt ar a chéile. Duine ag iarraidh dallamullóg a chur ar an duine eile le codladh gé, ach fios acu araon gur ag malartú dallach dubh a bhíodar.

Go ciúin thrína pholláirí a bhí seisean ag séalú aer plúchta an tseomra. Brath air éirí agus fuinneog a oscailt d'fhonn an bruth toirní a bhí ag ramhrú an aeir a mhalartú le aer úr earraigh. Lagar spioraid a chuir faoi ndeara dhó an míshuaimhneas a fhulaingt, gan i míchompóirt na haeráide ach peiríocha neamhurchóideacha i gcomórtas leis an tsiocair bháis a bhí ina meall ar chúl a intinne. Bhí a cuid súile oscailte aicise, ag tnúthán go scáfar le ala sóláis ón duibheagán, ach ba feasach dhósan thrí shúile dúnta gur chun duifin a ghabhfadh a n-éagmais i mbreacadh an lae.

Puth fhánach casachta a lig an cat as an mála. Gan uaithi ach ugach chun breith i ngreim láimhe air, díocas uirthi ag fíochán a gcuid méaracha ina chéile, á mhisniú go grámhar agus í ag muirniú a láimhe i mboige a brollaigh. Ach leann na bhFiann ní chneasódh croí briste. Ionga ná orlach níor ghéill sé dá tuineadh ach a leathlámh chomh marbhánta le láimh duine a bheadh in achar an anama.

Bhí a greim chomh daingean is gur mhothaigh sé fáinne a bpósta ag dul i mbeo. Pian a bhog deora ar ala na huaire. Fonn cráite air í a chumhdach go cineálta ina bhaclainn ach imní á chosc ar eagla go n-éalódh brúcht caoineacháin ina scread mhaidne aníos de bhéal a chléibh.

É curtha de gheis aige air fhéin gan aon rian den ísle brí ná den mheatachas a bheith le sonrú os comhair a chúraim, cé nár taobh le babhta a bhí an giorrúchán saoil caointe go haonarach agus go huaigneach aige ón nóiméad fealltach sin ar aimsigh na dochtúirí an fabht i scáile bhlaosc a chinn os comhair an tsolais.

Phreabadar araon go tobann leis an ngeit a bhain scáil thintrí astu. Lóchrann scéiniúil a rinne caor lasrach den dorchadas. An plump ag pléascadh chomh gártha is gur chraith sé an teach ó bhun. Greim an fhir bháite a bhí anois aici air, í ar líonrith roimh fhearg Dé nuair a tháinig trup trap a mbeirt chlainne de sciotán isteach sa seomra. Tormán na toirní tar éis rith a chur orthu agus iad ag coimhlint faoi thearmann lár leapan. Gan iontu ach dhá phutachán ar thóir foscaidh in ascaillí a dtuistí. Neasa in aois a cúig bliana, ach í ní b'aclaí ná Niamh a bhí bliain go leith ní ba shine. Líon an seomra le bíogaíl chodlatach is an bheirt ag caraíocht nó gur éirigh le Neasa a cuid coisíní a shacadh síos idir Mama agus Deaide. Oiread ríméid uirthi á rómhar fhéin is gur bhain sí an greim láimhe as aimhréidh. Choigil na tuismitheoirí a gcuid den tsaol i dtaisce a mbaclainne, á mbréagadh go ceanúil le cogarnaíl mhisnigh.

Thosaigh braonacha troma d'uisce na toirní ag cur deora le pána na fuinneoige sul má phléasc an chéad phlump eile go bodhar i bhfad ó bhaile. Lean ciúineas fada an tuairt, gan le cloisteáil ach srannadh na bpáistí agus corr-uaill ón bhfarraige, a bhí i bhfoisceacht urchar cloiche de bhinn an tí.

Ní raibh aithne ar áilleacht na maidne dár gcionn an raibh brón ná buairt ar dhroim an domhain. Gaethe geala gréine á síneadh is á searradh fhéin i bhfairsinge áirgiúil an tseomra. Seomra a raibh flaitheas na farraige mar bharr áilleachta ar a radharc. Gan aon easnamh saolta ag gabháil leis ach easpa an tsonais. Ba é an clog a chur an chéad siliúir eile iontu. Táirim air ag tabhairt foláireamh go raibh sé in am aghaidh a thabhairt ar an lá. Na díchéillí ag roinnt póigíní na neamhurchóide go cineálta leis na céillí a bhí ina dtost. Tost nár thug an óige aon tsuntas dhó. Giodar iontu ag princeam thar phluideanna, ainmneacha a gcuid cairde ina liodán ar bharr a ngoib agus gan aon fhoighid le cur iontu ach ag brostú na máthar lena bhfáil faoi réir don aoibhneas a bheadh i ngarraí theach na scoile.

Aoibhneas a chuir cluaisíní croí air ón lá ar saolaíodh iad ach a bhí ag cur ualach ar bhéal a chléibh anois. Cheil sé cnead ghoilliúnach fad is a bhí siad ag rampúch leo as an seomra. An mháthair go spéiriúil ina gcuideachta, ag iarraidh an taobh ab fhearr a choinneáil amuigh. Truamhéal le tabhairt faoi deara ar a haoibh bhréag-gháireach, mar a bheadh sí ar a mine ghéire ag iarraidh clog an tsaoil a chasadh in aghaidh stuif. Impí ina hamharc ag breathnú idir dhá shúil air nó gur dhíbir a dhreach suaite as an seomra í.

D'at tocht an éagmais ina ucht agus é ag samhlú screadach chráite an dá chréatúirín nuair a d'fhágfadh an chinniúint a dteaghlach brúite briste.

Go drogallach a chuir sé na cosa faoi. Dubhchroí ag cur faoi ndeara dhó casadh ar ais agus breathnú go huaigneach ar an leaba a thug oiread suaimhnis agus só dhóibh. Ionad ginte a gclainne. Ionad grá agus gáirí, áit a gcodlaídís go te teolaí i mbarróga loma a chéile nuair a bhíodh doineann an gheimhridh ag feannadh féasóg de chúr na farraige in aghaidh na fuinneoige. Gan fanta mar chomharthaíocht dá seal in ionad an tsonais ach múnla a chloiginn ar an bpiliúr. Dheifrigh an t-uaigneas i dtreo an tseomra folctha é, parúl curtha ar a chéile acu gan aon mhúisiam a chur ar na páistí nó go gcaithfidís ceart críochnaithe é. Níor thug dhá shúil imníocha a bhí sloigthe siar ina cheann mórán dóchais dhó, scéin iontu ag breathnú air á bhearradh fhéin. Radharc a thug fuarallas amach thrína chraiceann. Bhí blas searbh ag triomú a bhéil nuair a chuir sé faoi ndeara dhó fhéin aghaidh a thabhairt ar an gcomhluadar. Spleodar a gcuid gibireachta chomh nádúrtha is go ndearna siad neamhaird dá chuideachta.

"Cén fáth nár fhan tú i do chodladh? Tabharfaidh mise ag an scoil iad."

"Tabharfaidh mé fhéin ann inniu iad."

Stad sí dá graithí d'fhonn cur lena cuid argóna ach bhac an léan a bhí i mboige a shúl í. Tocht ina ghlór á mbrostú amach an doras sul má bhí sé d'uain acu a cion a chúiteamh léi. Saothar uirthi ag sacadh boiscíní lóin síos i málaí agus á leagan ar shuíochán an chairr lena dtaobh. Bhí a cosa ag rith uaithi le fonn suí isteach ina gcuideachta, dá dtuillíodh a dhreach íogair é. Shéid Niamh agus Neasa streoille póigíní ina treo nuair a thiomáin sé amach den tsráid. Í ag roinnt gealgháire leo de bhuíochas a croí nó go dtug an carr cor as amharc.

Phléasc an t-ualach aníos de bhéal a cléibh sul má bhí sé d'ionú aici cúlú isteach ar foscadh ó shúile na gcomharsan. Gan aon cheansú ar an mbleacht goirt deor ná ar an ngárthaíl chaoineacháin a rinne sí in ard a cinn tar éis an doras a dhúnadh amach. Í ag samhlú an mheacain a bheadh ina glór ag iarraidh an drochscéal a mhíniú dá gcuid páistí. Beart pianmhar a thairg sí a fhulaingt ar a son. Í faoi réir le dhul ag taoscadh na farraige móire dá bhféadfadh sí ré an achair a thabhairt dhó, ach gan fóiriúint i ndán dhó ón nóiméad ar chuala sé gur aige fhéin a bhí an t-anó le roinnt.

"Fág agam é, a Dhia . . . fág mar athair ag a chuid gasúir é!" a scread sí go holagónta agus í ag pacáil a chuid éadaigh go pointeáilte isteach i mála taistil.

I bhfoisceacht céad slat de gheata na scoile a stop sé an carr agus a chroí ina bhéal ag iarraidh focla boga a roghnú dá chruachás.

Giúin chroíúil na bpáistí a bhí ag spraoi i gclós na scoile ag beophianadh na beirte. Bís orthu nó go mbeidís ag rith is ag rásáil i gcomhluadar a gcairde. Amharc a súl ar leathmhaing i dtreo an tsonais nuair a phógadar a leiceann go deifreach. Fonn air an deis a thapú ach gan é de chroí ann múisiam a chur orthu. Iad chomh haerach le dhá mhionnán ag fágáil slán aige.

Chruinnigh meall i mbéal a chléibh ag breathnú ina ndiaidh. Iad ligthe uaidh aige gan oiread is a leithscéal a ghabháil. Abairtí a bhí curtha de ghlanmheabhair i rith na hoíche fanta i bhfastó ar bharr a theangan. I gcogar a thosaigh sé ag teilgean na bhfocal ina ndiaidh, chomh coinsiasach is dá mba í faoistin a bháis a bhí sé a spré amach go dúthrachtach:

"Beidh Deaide ag dul go dtí an t-ospidéal inniu . . . níl aon neart air . . . ach tabharfaidh Mamaí aire dhaoibh . . . aire mhaith . . ."

Bhí sé buíoch anois nár lig an meatachas dhó an drochscéal a roinnt leo. Tocht ag cur stad ann, teannas ag iarraidh pléascadh amach thrí mhullach a chinn. Teannas a bhí molta ag dochtúirí dhó a sheachaint ar mhaithe le fad saoil. Drioganna ré roithleacáin ag baint an tsolais as a shúile. Chaoch sé amharc a intinne in aghaidh na hanachaine, ag tnúthan le cúpla meandar sóláis, ach mheabhraigh séideadh buinneáin comhluadar dhó. Bhí carranna ag pógadh tóineanna a chéile i mbéal an gheata agus gasúir ag rith mar a bheadh seachrán á gcur le buille.

Idir a bheo is a mharbh a d'éalaigh sé leis as an mbealach. Cúlráid ag teastáil lena bhreithúnas aithrí a chur faoi bhrí na guibhe. Gan an ghuibhe fhéin de cheirín intinne aige ó thit sé amach le Dia. Cuthach feirge a chur faoi ndeara dhó roiseadh eascainí a chur go mullach an aeir nuair a chinn air meabhair a bhaint as an ngrá Dé a bhí tar éis a theaghlach a fhágáil in umar na haimléise. Gan mórán samhaoine le baint as rúndiamhair in am an ghátair.

Síos i dtreo na céibhe a thug sé aghaidh an chairr. Brat nóiníní bána ag ceiliúradh an earraigh ar fhad an bhealaigh nó gur leathnaigh siad ina ngairdín Pharthais ar na maolchnocáin cois cladaigh. Áilleacht a ghinfeadh rabharta dóchais don té a bheadh ábalta an dóchas a iompar. Chaoch sé a shúile in aghaidh ghile na gréine a bhí ag bogrince ar dhroim na farraige. Shiúil sé i dtreo na mbád a bhí ceangailte le céibh bheag chloiche in ascaill an chrompáin. Drogall ag moilliú a choiscéime. É ag dearcadh an chladaigh is na ngarranta go hairdeallach ar fhaitíos go mbeadh aon duine ag smúrthacht thart a gheobhadh caidéis dá ghraithí.

Meanmnaí misnigh a bhrostaíodh i dtreo a bháid seoil go hiondúil é, giodam ann nuair a thosaíodh sí ag craitheadh a culaithe seoil go mífhoighdeach sa ngaoth nó go gcuirfeadh sé a halmadóir faoina ascaill is go dtugadh sé cead a cinn chun farraige di. Í chomh bíogúil le muic mhara ag scinneadh thar bharr tonn, á caitheamh fhéin deiseal is tuaifeal ar a boilsc de réir mar a bhíodh sé ag tornáil go hábalta lá geallta. Bualadh croí air le teann gliondair nuair a d'éiríodh corr chiothmhar dá grua, mar a bheadh sí á bheannú le uisce coisreacain, agus é á gabháil amach an cuan a thugadh léargas ar na flaithis dhó.

Ar bharraicíní a chos a d'éalaigh sé ina treo. An lán mara tar éis í a ardú cothrom le urlár na céibhe. Í ag craitheadh ar éigin sa mbarr láin amhail is dá mbeadh a éagmais tar éis a haire a ghoineadh.

D'umhlaigh an tslat bhoird dá mheáchan mar a bheadh sí ag cásamh an dóláis leis, ceann faoi ar feadh dhá mheandar mar a rinne an dochtúir nár chuir fiacail ann: "Ailse," a dúirt sé ag craitheadh a chinn go cinnte. Tost ansin in ómós don tsleá a bhí ag spíonadh putóga, sul má bhain sé feidhm as an gcóras aibítreach chun beartas leighis a léiriú, é chomh dóchasach go dtógfadh sé duine ó bhás go beatha, ach b'fhurasta dhó a bheith dóchasach nuair nár air a bhí an éalann.

"Ní hé deireadh an tsaoil é: tá leigheas ar mhórchuid den ailse anois," mar bhreithiúnas aithrí aige, ag éirí ina sheasamh is á mhúscailt le bosóg mhisnigh, ach bhí sé fánach aige a bheith ag iarraidh meanmnaí marbha a ardú . . .

Ba purgadóir gach ré solais ón nóiméad sin. Páis a mhná is a chlainne ag cur meáchan céatach sa gcrois a bhí á chiapadh. Crois a bhí ag tabhairt fuarallas amach thrína chraiceann agus é ag iniúchadh an ama ar éadan a uaireadóra. Dhá uair an chloig fanta sul má chaithfeadh sé aghaidh a thabhairt ar ospidéal na hailse san ardchathair. Ifreann a chuid samhlaíochta; b'fhearr leis bás a fháil ar an toirt dá mbeadh sé de thrócaire i nDia glaoch air.

Lig sé a ucht amach ar thaobh na farraige den tslat bhoird, ag géilleadh don lagar spioraid a d'aimsigh a chuid glúine. Cóir leighis a bhí chomh léanmhar is nach bhfágfadh sí ribe ar a cheann ag cur scéin an bhainbh dhóite ann. Rabharta meatachais á dhaingniú san ísle brí.

Ba léanmhaire fós an leigheas a bhí casta deiseal agus tuaifeal ina cheann le linn uaireanta uaigneacha an dorchadais, ach bheadh suaimhneas sciobtha síoraí de luach saothair air. Gan an poll báite ach fad a láimhe uaidh. Maidhmeanna beaga ag lapaireacht mar a bheidís ag sioscadh leis, an fharraige chomh mealltach is go mba dheacair leis a chreidiúint nach mbeadh trua ná taise inti ag plúchadh na beatha amach as.

Bhí dhá cheann na meá á chur ar forbhás ar an tslat bhoird, gan ag teastáil ach sá cos lena chur go tóin poill i ndiaidh a mhullaigh. Beartas a bhí furasta le cur i gcrích in am mharfach na hoíche ach a bhí ag tabhairt a dhúshláin anois. Bháigh sé a chuid ingneacha i dtaobh an bháid, ag cur greim an fhir bháite de chuingir air fhéin ó dhul ar aghaidh ná ar gcúl. Scread sé go ciúin i dtreo na síoraíochta ag iarraidh fóiriúint óna ghéibheann. Faoileán a scread ar ais mar a bheadh sé á mhaíomh chun farraige ina chuideachta.

Scaoil sé thar bord é fhéin chomh fada is go raibh an t-uisce ag líochán a chuid gruaige. Gan de dhíth ar a chinneadh ach taom misnigh. Gheit sé leis an scanradh a chur a scáile fhéin ag stanadh aníos ón ngrinneall air. Portáin le feiceáil ag seársáil anonn is anall mar a bheidís faoi réir le dhul i mbun obráide, goin orthu le dhul ag strachailt geampaí nó go n-alpfaidís an meall a bhí ar thob é a chriogadh. Smaoineamh a bhí chomh sceonmhar le sceanairt na ndochtúirí, gan caitheamh na leithphingne de dhifríocht ann, ach an seans caol ar fhad saoil a bhí na dochtúirí a thuar.

Chúlaigh sé ar ais in aghaidh a thola, a scáile á leanacht mar a bheadh sé ag sá leis.

Osna ar bheagán faoisimh a lig sé ag dul ar a ghlúine ar urlár an bháid. Chuir sé a dhá láimh timpeall an chrainn a bhí mar chomhartha na croise os a chionn. Gan a fhios aige an slán go brách nó slán go ceann scaithimh a chuirfeadh sé mar chogar isteach i gcroí an adhmaid. D'fháisc sé a ucht go fíochmhar in aghaidh an chrainn, fios aige anois nach raibh dul as aige ach a chrois chéasta a iompar nó go socródh nádúr nó mínádúr go raibh a lá caite.

Saol Eile

As saol gan mórán anachaine a thagann an chuimhne nár éirigh le trí scór bliain de sciúradh na nua-aoise a bhogadh de cheirtlín mo dhúchais. Gan ionam ach putach ar foscadh go scáfar faoi sciathán mo mháthar nuair a chrom sí d'fhonn a ceann a thabhairt slán ón bhfardoras. De ghlór mín tnúthánach a chuir sí tuairisc an othair i gclapsholas na cisteanaí.

"M'anam nach inniu is measa é, a Nóra, go bhfeictear dhomsa go bhfuil sé ar iontú bisigh."

"Go mba seacht fearr amáireach é, a Pheige, más é toil Dé é," a deir mo mháthair á coisreacan fhéin.

"Suas leat go bhfeice tú fhéin, ar fhaitíos gur á fheiceáil dhomsa atá sé."

Ar a corr a thug mo mháthair téagar a colainne thríd an doras caol cláir, is mise ag daingniú mo ghreama ar bhoige a boise.

Luigh scamall dorchadais ar fhad na leapan. Toirt triúir ag plúchadh na ngaethe lagbhríocha gréine a bhí ag tál thrí chuirtíní síoda an damháin alla ar an gcearnóigín singil fuinneoige. Ní raibh san othar ach na cnámha, rud nár ghoill orm, mar nár chleacht m'amharc a mhalairt; gan ann ach séacla i gcaitheamh leathchéad bliain a shaoil, amhail craiceann ag roiceadh ar liúracha seanchurraigh. Ach bhí scéin ina dhá shúil a chuir an darna lámh i bhfastó i rosta mo mháthar.

"Cén chaoi a bhfuil tú, a Sheáin?"

"Cén stró a bheadh orm?" Nocht meangadh gáirí na cúpla clárfhiacail a bhí fanta beo i mbunanna dubha an charbaid.

"Nár dhúirt mise leat, a Nóra, tá sé bioraithe suas inniu. An aithníonn tú iad seo, a Sheáin?"

"Tuige nach n-aithneoinn mo chomharsa béal dorais Nóra Pheaits. Agus an leaid óg. Ara, a dheabhail a chomrádaí, gabh i leith agam." Chuir a chaidéis ag teitheadh go faiteach ar chúl mo mháthar mé. Ise do mo staonadh.

"Craith lámh le Seán anois, cén sórt púcaíocht atá ort?" Lena chrúibín casta a d'fháisc sé an lámh a bhronn mo mháthair de mo bhuíochas air. Gan cnámh ag gabháil lena cholainn nach raibh casta deiseal nó tuaifeal ag máchail a thug sé ón mbroinn. Bhí greim muirneach ar mo láimh aige agus liodán moltaí ina shruth as a bhéal. Ní doicheall ach a mhalairt a bheadh lena chomhluadar agam murach an toraic a baineadh asam cúpla lá roimhe sin nuair a bhuail an donacht go tobann é. Gan faoi chaolach an tí ach an bheirt againn. Mé ag síneadh aige na dtairní bróg nuair a thit an casúr uaidh is thit sé fhéin i mbun a chos gan aithne gan urlabhra. Rith mé agus scéin ionam, gan le trasnú agam ach scraith ghlas na sráide a bhí ag deighilt an dá theach nó gur scread mé m'anó i dtreo mo mháthar. Ní léi ab fhaillí é, a hachainí ar Dhia ag líonadh an aeir is gan í ag fanacht, torann a cos ag deifriú chun cabhrach. Bhí sé fós ina chnap i lár an urláir nó gur dhírigh mo mháthair aniar é. D'oscail a dhá shúil go sceonmhar, gan a fhios aige ó neamh go talamh cá raibh sé. Ní raibh mo mháthair i bhfad á bhladar chun suaimhnis. Bua a cuid láíochta ag tabhairt misnigh dhó.

"Cáil mé, a Nóra?"

"Sa mbaile, a Sheáin. Lagar a tháinig ort. Níl dochar ann."

"Glaoigh ar Pheige," ráite liomsa ina chogar aici, práinn ina glór a chuir ag sodar amach an doras mé. Fios agam cá dtabharfainn m'aghaidh ó tharla agús a bheith curtha ina haistir aici nuair a d'imigh sí ag rómhar béile fataí i gceapach an chéad fhómhair scaitheamh beag roimhe sin.

D'iompair siad eatarthu go dtí an seomra é, gan ann ach an dá eite nuair a shín siad i gcompóirt na clumhaí é. Peige á mháthairínteacht ó oíche go maidin is ó mhaidin go faothain le corr-*aspro* agus le deochanna bainne bruite. Ag tnúthán go foighdeach le biseach nuair a thabharfadh an donacht a seal.

B'fhada liom gur scaoil sé uaidh mo lámh. A dhreach athraithe chomh mór is gur scáth a bhí agam anois roimh an té a mbínn ag tnúthán lena chuideachta. Gan fí ná feáin orm aon lá ó bhí mé trí bliana, ach ar mo ghogaide ag síneadh aige *tacks* is tairní bróg. Gan é de lúth ina chuid méaracha craiplithe céir a chur ar shnáth ná bairbín bróige a tholladh le meana. Damnaithe ag máchail coirp go dtí síorghréasaíocht na mbróg. É bánghnéitheach de bharr nach dtéadh sé taobh amuigh den doras Domhnach ná dálach. Ach níor dhrann máchail na colainne lena intinn; acmhainn ghrinn aige a bhí ag baint rachtaíl gháirí as mo mháthair ar ala na huaire, é ina shuí suas sa leaba, an caipín speiceach anuas ina shúile agus dioc air ag aithris ar mhuintir an bhaile. Glórtha agus tréithe na gcomharsan chomh paiteanta as a bheola is go mbéarfá an leabhar gurbh iad féin a bhí ag giolcaireacht. Chuile scairt dá ligfeadh an bheirt bhan á bhíogadh tuilleadh.

Neamhairdiúil a bhí mise ag an tráth seo. Ardú croí a chothaigh an comhrá geanúil tar éis an teannas a leá as mo chrioslach. Mo shúile ag ruatharach ar fud an tseomra. Easpa leithid ag fágáil na leapan geantáilte idir an spiara suiminte agus clocha aoldaite an bhalla. Gan áiléar ar bith os ár gcionn ach deatach na mblianta ina smúit súiche ar chaolach is ar thaobháin, na bannaí a bhíodh ag teanntú na scolb ag gobadh thríd an scraith agus na súgáin tuí a úsáideadh leis na scraitheacha a cheangal de na taobháin chomh folláin leis an lá ar fíodh iad. Rataí móra coille ag iompar allúntas na gcéadta bliain de strácaí tuí. Dúshlán agus spreacadh le sonrú sna moghlaer chloiche a bhí ag déanamh dún daingean den bhalla. Gan aon phlaistéireacht orthu ach na siúntaí líonta le dóib is le maith na mbó d'fhonn an seoide a choinneáil amach.

Thug mé suntas do phoillín a bhí tollta ag luch faoi bhun na fuinneoige. Ach níor chuir mé thairis sin de shuim ann. Ní ba nuaíocht ar bith luchain bheaga a fheiceáil ag seársáil ar fud an urláir ag an tráth sin mura mbíodh an cat ag déanamh a ghraithe.

Feanc ní raibh an t-urlár rocach suiminte a bhaint as cosa boinn Pheige. Bean nár bhain mórán ceart de choisíocht na mbróg ariamh sa saol cé go raibh gréasaí ar leic an teallaigh aici. Ní raibh de bhróga ag gabháil léi ach péire *sandals* canbháis a chuireadh sí uirthi ag gabháil chun aifrinn, leisce a bheith ina ceap magaidh ag scaibhtéirí. Thug mé suntas do ghile bhoinn a cos, áit ar chinn ar ghaoth is ar ghrian snua a ghreanadh murarbh ionann is teainne a loirgne. Thug flainín dearg agus seáilín bán cosaint don chuid eile dá colainn.

"Tá sé as guais, a Pheige, míle glór leis an Athair síoraí," a deir mo mháthair is í ag casadh uaidh. Ach baineadh stangadh aisti nuair a bhíog sé agus lóchrann ina shúile ag dearcadh thríd an spás a bhí cothaithe aici.

"A Stiofáin is a Mhichíl, fanaigí liom."

Chas an bheirt bhan timpeall go himníoch sa treo a raibh amharc a shúl dírithe.

"Cé atá tú a fheiceáil, a Sheáin?" arsa mo mháthair de ghlór stuama.

"Stiofán agus Micheál Sheáin atá tagtha faoi mo dhéin, a Nóra." Caint a d'athraigh atmaisféar an tseomra de phlimp. D'fháisc mé mo ghreim láimhe an athuair nuair a chonaic mé loinnir na fola ag imeacht as grua mo mháthar agus dath an bháis á cur ag crith. Fios maith aici gurbh é Stiofán a fear céile, nach raibh bliain faoin bhfód, agus Micheál Sheáin Mhóir, a maraíodh i dtimpiste thall i Sasana.

"Cá bhfeiceann tú iad, a Sheáin?" ar sise agus í ag iarraidh smacht a choinneáil ar a glór.

"Amach as an bpoillín beag atá faoi bhun na fuinneoige a tháinig siad." Choisric an bheirt bhan iad féin ag dearcadh i dtreo na fuinneoige ach b'éigin dhóibh casadh ar ais go deifreach nuair a labhair sé an athuair.

"Caithfidh mise imeacht. Fanaigí, a leaids, ná himigí do m'uireasa," ar seisean de ghlór sona sásta.

Uch, ach ná éagaoineadh ar bith eile ní dhearna sé ach luí siar agus bás a fháil.

Cé gur leasc liom dúch a smearadh ar pháipéar á aithris, is faoiseamh dhom é a roinnt ó tharla fírinne an scéil a bheith mar chomhartha ceiste ar m'easpa dóchais.

Athchúrsáil

Pluid mhór *plaid* a raibh leataobh di taisdíonach a dhúbláil sé go pointeáilte. Fainic curtha ag a bhean chéile air: "Déan go réidh leat fhéin, a Willie, ó tharla nach bhfuil aon chleachtadh agat ar an bportach, agus ar chraiceann do chluaise ná suigh in aon áit atá tais ar fhaitíos go bhfaighfeá *piles*." An tochas a d'fhág nead siogán ar a leath deiridh an chéad lá á líonrú chun iniúchadh sul má shocraigh sé an phluid go compóirteach faoina mhásaí ar thulán cíbe.

Aisti fhéin ab éigin di a dhul isteach tigh Aldi tar éis an phluid a aimsiú i sladmhargadh an leabhráin. Eisean ag seachaint na hurchóide ar eagla go bhfeicfeadh aon duine dá chuid iarchomhoibrithe ag siopadóireacht i measc na n-eachtrannach é. Ábhar fonóide don uasaicme dá gcloisfidís gur facthas iarbhainisteoir an bhainc istigh tigh Aldi.

Ba mhór an faoiseamh an meáchan a thógáil dá chosa. Pian i chuile chnámh ag gabháil leis. A sheacht míle mallacht tugtha d'obair an phortaigh go mion minic le cúpla lá. Gan tús ná deireadh de bhrabach ar a chuid oibre tar éis a raibh de réabadh déanta leis an spáid nua aige.

B'fhurasta aithne nach mbeadh a leathoiread dúthrachta ar Thomás ag meabhrú na straidhpe portaigh dhóibh dá mbeadh aon leas dhó fhéin inti. Gan a gcosa taobh istigh de thairseach an tí acu nuair a chonaic siad a chaipín bobailín ag guairdeall siar is aniar faoi bhun an chlaí. Bhí sé isteach leis na sála acu taobh istigh de cheathrú uaire. Stocaí réchaite olna tarraingthe aníos thar íochtar an treabhsair agus bróga an Domhnaigh curtha air aige in ómós na strainséirí.

"*Go home*, a scuit!" curtha de ghráig aníos dá chliabhrach sul má bhuail sé cnag ar an doras. Ba mhór an faoiseamh dhóibh beirt gur ar an mada a bhí sé ag fógairt, gan cuireadh ná cúthalacht á staonadh nuair isteach leis ar fud an tí.

"Chuirfinn geall gur agaibh atá an áit seo ceannaithe, bail ó Dhia oraibh." D'fhág Willie an chaint ag a bhean chéile, nach raibh cinnte ar ala na huaire arbh é fáilte an deabhail nó a mhalairt a bhí i ndán dhóibh.

"Go n-éirí sin libh. Is mise Tomás an Bhreathnaigh. Is mé atá ag síneadh libh anseo ó dheas."

Ní raibh aon dul as acu ach glacadh leis an gcrúibín crua a chraith sé leo.

"Scaoilfidh mé na beithígh isteach sna cúpla garraí atá siar ón teach anseo agaibh. Drochsheans go mbeidh aon bheithígh agaibh fhéin."

Breathnú ar a chéile go neamhchinnte a rinne siad.

"Coinneoidh siad lomtha é ar fhaitíos go n-imeodh sé i bhfiántas ar fad."

"Níl a fhios againn cá bhfuil ár gcuid talún go fóill."

"Ó, spáinfidh mise na claíocha teorann dhuit chomh luath is atá an barr mullaigh bainte ag na beithígh dhe."

"Ceart go leor mar sin, a Thomáis."

"Bhí mé ag iarraidh a bheith labharta libh sul má thiocfadh súdairí eile ag diúl oraibh. Ní thabharfadh an deabhal a ndóthain talún do chuid de na daoine, nach fíor dhom é?"

"Ó, sea." Céard eile a d'fhéadfaidís a rá?

"Tá straidhp portaigh isteach leis an teach seo freisin bíodh a fhios agaibh."

"Níl a fhios againn cá bhfuil sé sin ach oiread," ráite ag a bhean ach gan d'ionú ag Willie "Ní theastaíonn uainn a fháil amach cá bhfuil sé" a rá.

Bhí furú ar Thomás lena gcur ar an eolas. É ag seoladh Willie amach an doras lena leathláimh.

"Níl aon am leis an iarann a bhualadh ach nuair atá sé te. Cén t-ainm atá ort?"

"Willie."

"Suífidh mé isteach sa gcarr in éineacht leat anois, a Willie, agus spáinfidh mise dhuit cáil do phortach."

Deabhal é ná fad a choise murach gur smaoinigh sé nach raibh aon bhealach ní b'easca le fáil réidh leis. É ardghlórach amach an tsráid roimhe mar a bheadh sé ag iarraidh aird an bhaile a tharraingt ar a chomhluadar. Bosóga móra iontais buailte ar an suíochán aige sul má shuigh sé isteach.

"Suíocháin leathair, a Willie, by dad. Caithfidh sé nach bhfuil a fhios céard a chosain an carr seo!"

Ach dá mhéid fios dá raibh uaidh, bhí Willie chomh hábalta céanna ag cur caoirigh thar abhainn. Dá laghad suntais dá dtugtaí dhó ba ea ab fhearr leis i láthair na huaire. I ngan fhios don saol a theastaigh uaidh a chrá croí a fhulaingt. Ba shin é a spreag a dhúil sa bportach. Tomás ag seitreach i dtaobh barr uachtair agus móin uicht, agus Willie ag santú an dá fhichead lá sa bhfásach seo chun a mharana a dhéanamh ar an tubaiste a chuir de dhroim seoil é.

Ní mar a síltear bítear, a smaoinigh sé anois, ag sciorradh de na miotóga go haireach. Bolscóid a bhí tar éis pléascadh ag beophianadh chroí a bhoise. Aiféala anois air gur roghnaigh sé baint na móna mar aclaíocht do chruachan na matán tar éis bhograimhreacht na mblianta sa gcathaoir mhór leathair. B'fhearr leis de roghain fós fhéin é ná Weightwatchers a bhí an bhean chéile a bhagairt air. Gan fí ná feáin uirthi nó go mbeidís chomh scafánta le dhá chú i bhfollántas orgánach a saoil nua.

Ar chipín a rug sé, ag glanadh dabaí de phráib an phortaigh dá phéire nua buataisí. *"Portwest Ploughman"* i ndath an airgid brandáilte ar a dtaobh. Branda a chuir strainc éisealach air. Thug sé aghaidh an chipín ar spreab a raibh lorg lán na spáide de mhaise ar a haghaidh. É chomh bíogtha le gasúr nó gur ghrean sé *"William Fenlon, Manager"* go snasta ar an bhfód. Mórtas a cheirde ag bogadh aoibh gháireach go bródúil ina ghrua nó gur smaoinigh sé ar an modh ciniciúil ar díbríodh as a phost é. Gan aithne ar an mbord stiúrtha nach ardú céime a bhí i dtairiscint ghnaíúil an phacáiste scoir. Iad ag roghnú a gcuid focal go paiteanta d'fhonn an ghangaid a bhaint as an gcolscaradh oifigiúil, ach fios aigesean i ndomhain a choinsiasa gur ag géilleadh do bhrú an rialtais a bhí siad.

Rialtas nár mheas sé unsa miotail a bheith i gcnámh a ndroma, ach ag lúbadh ar nós slat shailí faoi shíorbhullaíocht mheáin na cumarsáide. *"25-5-09"* curtha go críochnúil ar éadan spreab eile aige sul má chaith sé uaidh an cipín go tarcaisneach. Imeacht de ghrá an réitigh a rinne sé. *"Go with the flow,"* curtha de chomhairle ag bainisteoir eile air a raibh iontú den chineál céanna bainte as fhéin.

Ba shin é a bhuíochas tar éis cúig bliana fichead de sheirbhís sheasta. A stádas tar éis leá i lag trá na heacnamaíochta. Na drochfhiacha a bhí de thoradh ar chorr-dhroch chinneadh á gcaitheamh ina bhéal go sotalach nuair a bhagair sé na sála a chur i dtalamh.

Déistean a bhíodh scéalta uafáis na meán a chur air. Gan aithne orthu nach mba paca rógairí a bhí ag bainistiú bancanna. B'fhurasta an fál a bhiorú tar éis na foghlach. Chuile spriosán ina shaineolaí anois, ag síneadh méire go maslach ina threo. Ní raibh a fhios ag ceachtar acu, ach oiread leisean, go raibh an cúlú eacnamaíochta ar thob domhan an rachmais a chriogadh.

"Shua! Shua! Bailigh leat i dtigh deabhail!"

De spadhar a d'éirigh sé ina sheasamh ag béiciúch go bagrach ar fhaoileán a bhí tar éis ísliú ar dhíon an BMW.

"Mo chuid tubaiste ort," curtha go dúthrachtach ina dhiaidh nuair a chuir an faoileán scuaid uaidh siar ag tabhairt na spéire air fhéin go deifreach. Seilg ocrais ina dhá shúil ag breathnú anuas mar a bheadh sé ag cásamh a laghad fáilte is a bhí roimhe.

"Ní tú is measa, ach mise a tharraing orm thú," arsa Willie in ard a ghutha, ag coinneáil súil scáfar ar an éan. *Birds* as scannán scéiniúil Hitchcock a meabhraíodh dhó an chéad lá nuair a thosaigh sé ag caitheamh corrchrústa dá chuid ceapairí ag faoileáin a tháinig ag guairdeall isteach den loch. Ba é an sliabh na flaithis an chéad mhaidin sin; é bródúil as a chion ar son an dúlra nuair a chuir faoileán gráig as tar éis an chéad chanda a shloigeadh. Willie den tuairim gur ag cur a bhuíochais in iúl a bhí sé nó gur chruinnigh naoi nó deich gceanna dá chairde, iad amplúch oilbhéasach ag plancadh a chéile i ndiaidh na gcrústaí nó go mb'éigin dhó teitheadh isteach sa gcarr agus a dhul abhaile ar fhaitíos go lomfaidís air as éadan.

Lagracha gáirí a dhéanfadh a bhean chéile dá mbeadh a fhios aici gur tháinig siad idir é agus codladh na hoíche. Dúiseacht de gheit, mar a bheidís ar thob é a aimsiú, iad chomh craosach leis na forbróirí a d'alp na billiúin d'airgead an bhainc. Goití an rachmais á ndéanamh chomh huilechumhachtach is gur mhór an phribhléid dhó a bheith ag freastal orthu. Ba bheag leis a mbíodh de bhogáin i bhfigiúirí na n-iasachtaí, ó tharla go raibh a bhónas deireadh bliana ag ramhrú dá réir. Bosa buíochais a roinneadh baill an bhoird stiúrtha leis ag an tráth sin de bharr a chumais ag cúirtéireacht lucht graithe. Lámh a chraith Taoiseach na tíre agus builcín airí rialtais leis nuair a thug rachmasóir cuireadh go fial flaithiúil dhó fhéin is dá bhean go dtí lárionad an Tíogair Cheiltigh ag Rásaí na Gaillimhe. Ba shin í an áit a mbíodh móriasachtaí á santú agus an nod á thabhairt d'oll-aislingí. Ba shin é lár an aonaigh, ach oiread le clubtheach an ghailf a bhí chomh tábhachtach mar ionad gnó lena oifig go minic. Blianta glórmhara. Úsáid *villa* ar an gCosta del Sol curtha ar fáil go seasta ag a chara Tony, tógálaí mór le rá. Cosán dearg buailte go dtí boscaí corparáideacha Pháirc an Chrócaigh. Gan cur síos ar bith ar ghnaíúlacht na *land speculators.* "*Enjoy the golf,*" ráite go réchúiseach ag duine acu tar éis clúdach donn a leagan ar a bhinse. Ticéid fillte do bheirt agus lóistín in óstán d'ardchaighdeán le linn chomórtas na Máistrí in Augusta Georgia Mheiriceá tugtha dhó gan iarraidh gan achainí.

Ba é cloch nirt a mhná céile bónaí a choinneáil iarnáilte dhó ag an tráth sin. An fón póca ag gigireacht in antráth go minic de réir mar a bhíodh an bhaicle ba ghustalaí dár saolaíodh d'Éirinn ariamh ar thóir foinse ghnaíúil cairdis. Stríoca de pheann ag déanamh milliúnaí d'úinéirí talún agus *rock breakers* ag ruaigeadh na dtraonach nó gur bhuail ráig de thinneas boilg an gheimhridh an Tíogar Ceilteach.

Fórsa an dul chun cinn chomh ré roithleacáineach is go mba doiligh an dul ar gcúl a shamhlú, nó gur bhain cruinniú éigeandála den bhord stiúrtha geit as. Deireadh le bosóga buíochais agus roic ina n-éadain ag cur a ndearcaidh in iúl go gruama.

Searbh a chuir Willie "Go n-imí an deabhal síos leat" mar phaidir i ndiaidh an fhaoileáin a bhí dealaithe go dtí dubh na fríde de spoitín i nglégeal na spéire, spadhar a chuid smaointe á chur ag aimsiú na spáide an athuair, díocas air ag ionsaí boige bealaithe an bhinse. Fís a intinne ag samhlú geampaí bloinige an bhoird stiúrtha de réir mar a chuir sé ag teannadh amach uaidh le dairteacha dubha móna. Níos fíochmhaire fós a d'ionsaigh sé tulán feoil chapaill, an t-allas ag bruith thrína chraiceann ag smaoiniú ar na fealltóirí a dúirt leis focáil leis nuair a d'éiligh sé aisíocaíochtaí.

"Caimiléaraí," a scioll sé go scólta, ag ropadh lán spáide den ghreallach go friochanta in aghaidh na fiataíola. Scíth de dhíth aríst eile, a anáil ina siotaí giortacha agus múnóga allais ag scalladh a chuid súile. Buile cuthaigh a chroí ag meabhrú dhó go raibh an fonn díoltais ag dul thar fóir, go bhféadfadh cuisle calcadh i mbéal an chléibh agus spéice a dhéanamh dhe. Thug sé cíoch don spáid an fhad is bhí sé ag fáil a anála leis. Gan aon sólás san áilleacht a bhí ina thimpeall. Na Beanna Beola á ngrianadh fhéin i gcarbad ollmhór an chriathraigh.

Casadh amháin dá leiceann ag tabhairt aghaidh ó dheas san áit a raibh coill seolta ag tarraingt stríocaí geala i ngoirme Chuan na Gaillimhe. Radharc a ghin racht eile feirge. Rás clúiteach an Volvo a bhí tar éis an teiscinn mhór a thrasnú ag tarraingt aghaidh na mílte ar Chathair na dTreabh. Gan gair aige an teilifís a chasadh air nach mbíodh fiacla bréige na móruaisle mar a bheidís ag breathnú anuas air, gan aithne orthu nárbh iad a rug iad fhéin i lóchrann glórmhar na teilifíse.

Corrghlúta a chuirfeadh fonn cac ar mhada gan tóin ag sclaibéireacht go féinghlórach, agus eisean caite i dtraipisí an phoill portaigh.

"Cé a thug tacaíocht don smaoineamh i dtús báire, is a mhol an rás a mhealladh go dtí Cathair na dTreabh?" a bhéic sé go feargach i dtreo sheolta ildaite na luaimheanna.

"Mise," a mheabhraigh sé don mheach ghabhair a bhí tar éis stopadh ag meigeallach in ard na spéire. "Mise a mheabhraigh dhóibh gur ócáid í arbh fhiú a thapú." Stad ansin, gan focal as ach ag fuarú sa gcraiceann ar théigh sé. "Liom fhéin atá mé ag caint," ar seisean go lagbhríoch, ag tabhairt a dhroma don cheiliúradh.

An múisiam ag cur déistin air, purgadóir a mheabhraigh an poll portaigh a raibh chúig lá caite á chartadh aige. Áit nár sheas sé ariamh roimhe. Drochphortach, a mheas sé, gan aon chruth fóid ar na dabaí a bhí spréite ina thimpeall aige. Aiféala a bhí anois air nár fháisc milliún nó dhó eile as an mbanc le cois an mhilliúin a fuair sé mar shíneadh láimhe. Agus an pinsean nach bhfágfadh aon chlóic air dá mairfeadh sé míle bliain. Ba í an bhean chéile a mheall amach as rútaí a dhúchais sa mbaile mór é. Luach milliún punt de theach a raibh deich n-acra talún agus straidhp portaigh isteach leis aimsithe faoi cheithre chéad míle aici. Cúpla óigeanta a mheall gnás na huaire chun a súile a chur thar a gcuid. Gan dul as acu ach díol amach agus bailiú leo go dtí an Astráil nuair nach raibh siad ábalta gálaí an mhorgáiste a aisíoc. Ní ligfeadh a choinsias dhó a inseacht dá bhean gurbh é féin a chuir as seilbh iad d'fhonn an banc a chur ar bhonn sábháilte. B'fhurasta scéin a chur ina leithéid i gcomórtas leis na bithiúnaigh mhóra a thug an dá mhéar go drochmheasúil dá éileamh. Taom feirge ag neartú aríst nó gur smaoinigh sé ar chomhairle a mhná: "Scaoil tharat é agus bain sásamh as do shaol nua. Is mó a ligfeas tú i ndearmad ná a bheas foghlamtha i gcaitheamh a saoil ag na cleiteacháin sin," a deireadh sí.

B'fhíor di é. An portach agus na luaimheanna a fhágáil sa deabhal ansin agus bailiú siar le haghaidh an lae go dtí ceantar na gcurrach is na bpúcán.

D'ardaigh a chroí ag déanamh ar an gcarr. Cluiche gailf in Eanach Mheáin a chuirfeadh drithlíní áthais thrí chuisle a mhná. "Neamh," a deireadh sí agus cluaisíní croí uirthi ag bordáil le tonnaíl chiúin an láin mhara. D'aontaíodh sé léi ar son na síochána ach ba sop in áit na scuaibe dhósan é i gcomórtas leis an gcomhluadar a chleacht sé ar ghalfchúrsaí móra na tíre. Bheadh míle fáilte ar ais go dtí Bóthar na Trá roimhe, iad ag dul i mbéal a chéile lena láimh a chraitheadh agus bosóg cheanúil a thabhairt ar an droim dhó. *"How is the country squire?"* a gháiridís. Sproschaint ag cur cáir mhilis ar dhá thaobh na n-éadan Iúdásach a chriog é. Ní bhfaigheadh sé ina chlaonta a bheith compóirteach ina measc go brách aríst. Fios aige anois gur sa gcroí a fhágas cic sa tóin an phian.

Siar go dtí an áit nach n-aithneodh duine ná deoraí é.

Siopadóirí agus múinteoirí scoile ag banrán go glórach i dtaobh ghraithí beaga áitiúla. An chaint a fhágáil ag a bhean chéile agus fanacht glan ar an gcomhluadar curtha de gheis air féin aige.

Bhí an spáid nite i sruthlán an bhóthair agus é á casadh i mála ar fhaitíos go gcuirfeadh sí aon lorg ar an gcarr nuair a chuir sé osna dhólásach agus sruth mallachtaí aníos dá chroí. Scuaid an fhaoileáin mar a bheadh ball dobhráin ar dhíon an BMW, gan d'oirnis aige ach mullach an *flask* a bhí sé a líonadh as an sruthlán. Ceird a bhí ag cur iompú ina ghoile. Gail ag éirí as na stríocaí scuaide a bhí ag rith anuas ar thaobh an chairr. Dá mbeadh ionad gnaíúil níocháin fhéin de bhrabach ar an gceantar. B'fhearr éalú síos agus scaird a ligean uirthi ar chúl an tí de thuairim aige sul má chonaic sé chuige aníos caipín bobailín a nuachomharsan. É chomh meabhrach le heasóg ar a Honda 50. Faoin gclúdach cúil a shíl sé a dhul ar foscadh, ag súil le Dia go n-imeodh sé thairis suas, ach mo léan.

"Bail ó Dhia is ó Mhuire ort, a Willie."

"Ó, Dia dhuit, Tomás."

Bhí a dhá shúil chomh luaineach le dhá shúil firéid agus a shrón chomh cocáilte le piostal póca ag breathnú soir. Srón a bhí rófhada ar chúpla bealach. Prionda pont méire go follasach ar a pholláirí.

"Tá réabadh mór déanta agat, bail ó Dhia ort."

"Á, de réir mo láimhe."

"Deabhal fód ar bith a bhainim de bharr bhean an *dole*. Tá an tír scriosta ag na bastardaí, nach fíor dhom é?"

"Sea, is dócha."

"Rógairí, a dheartháir, an *whole shootin' gallery*. Tá muid ceart mura gcuirfidh siad deireadh leis an *dole* is le *grant* na laonnta is le *reps*, nach fíor dhom é?"

"Ó, sea, sea."

"Saol fata i mbéal muice níor cheart a thabhairt dhóibh, ach rópa a chur faoina muineál agus iad a chrochadh, an *mafia* seo atá sna bancanna is chuile áit, nach fíor dhom é?"

Níorbh fhiú freagra a thabhairt ar an tuatach aineolach seo a raibh iomarca faid ar a theanga. Oiread bualtraí greamaithe dá chuid buataisí is a leasódh iomaire fataí. Bos ghágach ar scáth na gréine aige agus cáir air ag iniúchadh na hoibre.

"Ar scraith tú chor ar bith é?"

"Gabh mo leithscéal?"

"An portach."

"Ní thuigim."

"Níl sleán ar bith agat, an bhfuil?"

"Sleán?"

"Leis an móin a bhaint."

"Ó, sea, tá sé seo."

"Ach sin spáid."

"An ea?"

"Sea."

"Is cuma, níl aon mhóin sa bportach seo ar aon nós."

"Hea?"

"Bhuel, táim ag obair go crua le cúig lá anois is ní bhfuaireas aon fhód go fóill."

"Is, ar ndóigh, ní raibh tú a cheapadh gur tirim thíos sa bportach atá móin le fáil!" Rinne sé seitreach bheag gáirí a nocht mant míshlachtmhar ina dhrad. Rómhall a thuig Willie go raibh ardréim a chúlra tar éis ceap magaidh a dhéanamh dhe i súile an spriosáin seo.

"Á, ní fear portaigh thú, bail ó Dhia ort. M'anam gur cóir a dúirt siad thoir i dteach an óil aréir é: luach *tractor* móna de shicíní ite aige, a deir siad, is gan fód ar bith bainte. Tabharfaidh mise sleán dhuit, a chomrádaí. Deabhal ar fearr di, ag déanamh meirg thíos faoin rata."

"Ní hea, níl sé i gceist agam leanacht ar aghaidh ar thóir na móna."

"Deabhal leath den cheart nach bhfuil agat. Amadán a bheadh á mharú fhéin. Deabhal fód a bhain muintir an bhaile seo le blianta; is é an saol a mhúineann ciall do dhuine, nach fíor dhom é? Istigh i nGaillimh ag Rása an Volvo ba cheart dhuitse a bheith. Chuaigh mé isteach ar an Honda ag breathnú orthu tráthnóna aréir. Á, bhí tír is talamh ann. D'ól mé dhá phionta i Salthill. Fásach seolta ag treabhadh na farraige. *Aeroplanes* ag éirí ar a chéile thuas san aer. Mná struipeáilte, a dheartháir, is iad ag déanamh bolg le gréin ar fhad an chladaigh. Cuma an airgid ar chuile dhuine. Mo chreach an *recession* a mbíonn siad ag sclaibéireacht ina thaobh ar an raidió. Níl a leithéid de rud ann ach an strealladh magaidh faoi dhaoine bochta. Ní fheicfidh ach an té a shiúlas, a deirimse. Nach fíor dhom é?"

Ba mhór an fuarú do chluais Willie a bheith ag sciorradh dhe na mbuataisí agus á stóráil go pointeáilte i mála plaisteach. Súil aige gur leor an nod don aineolaí nuair a choinnigh sé a bhéal dúnta. Aimhreas air go raibh blas na fonóide ar an sclogaíl gháirí a rinne Tomás de réir mar a thug sé cic chun beatha d'each-chumhacht an Honda.

"Ní hea, ní hea a dheabhail, ach dún isteach an uachais sin thoir go beo nó is é an chaoi a bhfaighidh tú *summons* ón bPáirtí Glas."

Tráthúlacht a chuir ag scairtíl é. Scairt mhór leibideach agus an darna scairt in ionad na scairte nach ndearna Willie.

"A dheabhail, ag magadh atá mé. An té a bhíos ag magadh bíonn a leath faoi fhéin, deir siad."

Leáigh an straois dá streill a dhath ar éigin nuair ba léir dhó consaeit a bheith ag Willie lena iarracht grinn.

"Coinnigh leis an bpeann, a Willie, sin í mo chomhairle-sa dhuit," ar seisean ag baint amach an Honda le brú dá leathchois. Stad déanta aríst aige tar éis a dhul dhá fhad láimhe uaidh.

"Deir siad go minic comhairle mhaith ag amadán," curtha d'aguisín lena chuid cainte aige sul má thosaigh sé ag sclogaíl gháirí an athuair.

Coimhlint

Mheas Pádraic ar dtús gur as taom tromchodlata a bhí sé tar éis dúiseacht. A bhrionglóid chomh léanmhar is gur thob meirfean dóláis é a chriogadh nuair ba léir dhó gurbh í an fhírinne a bhí á chrá. Ar Dhia a d'iarr sé réiteach, ag sleamhnú go drogallach amach ó na pluideanna. Gan dul as aige ach géilleadh don ordú cúirte, smaoineamh a chuir drioganna faitís ar fhad a dhroma. Fianaise le tabhairt aige in aghaidh a chomharsan, in aghaidh Choilm, an comrádaí ab fhearr dá raibh aige i gcaitheamh leathchéad bliain a shaoil. Muintir eile an bhaile as éadan ag meabhrú dhó os íseal go raibh an chúis éagórach, ach nár mhaith leo a bheith ag cur a ladair i ngraithí nár bhain leo.

Dhá bhlogam a ól as an muga tae an t-aon sólás a thug sé dá ghoile. Ubh bhruite agus dhá stiallóg aráin fágtha gan bhlaiseadh ar chorr an bhoird nuair a bhailigh sé leis de shiúl a chos i dtreo Theach na Cúirte. Gan é ábalta aon ghreim faoi shuaimhneas a chur ina ghoile nó go mbeadh imní an lae seo curtha aníos dá chliabhrach.

Glas a bhí ar an doras mór dubh nuair a shíl sé cor a bhaint as an laiste. Róluath, a smaoinigh sé go dúchroíoch, ag teannadh i leataobh ar an bhfoscadh. Tharraing sé speic a chaipín anuas thar a shúile mar go mb'fheictear dhó gur air a bhí na corrthiománaí a ghabh soir siar thairis ag breathnú.

Thosaigh a chroí á ghreadadh chun aireachais nuair a chonaic sé Colm ag déanamh air. É támáilte craite ag breathnú, mar a bheadh drogall airsean freisin roimh lá an bhreithiúnais. Bhí paiste dubh ar leathshúil leis ach ba léir do Phádraic an cineáltas a bhí i mboige na súile eile. Stad sé amach ar a aghaidh mar a bheadh sé ar thob beannú dhó nó caidéis eicínt a shocródh an cás taobh amuigh de Theach na Cúirte.

Thug Pádraic coiscéim chun cinn chun a chion fhéin de chomh-ghéilleadh a chomhlíonadh. Seanchairdeas ag maíomh na beirte d'fhonn lámh a chraitheadh le chéile murach bean Choilm a theacht eatarthu go bagrach. Ruibh oilbhéis i ngrís dhearg a héadain ag brú Colm roimpi go fadhastrach.

"Íocfaidh do phócaí an bhail a chuir tú ar m'fhearsa, a reifínigh," curtha go nimheanta thrína beola aici sul má thiomáin sí Colm in aghaidh a thola go dtí cúinne neodrach. Mhothaigh Pádraic a chroí ag dul síos ina bhróga ag breathnú ar chléireach na cúirte ag oscailt an dorais is é á leanacht isteach go maolchluasach. Gan oiread de mhothú fanta ann is a dhéanfadh iontas de nuaíocht Theach na Cúirte. Scéin ann nuair a chruinnigh Gardaí is dlíodóirí is an giúistís abuil a chéile go gealgháireach. Purgadóir a bhí i chuile anáil nó gur léigh an cléireach a ainm go soiléir amach as cual páipéirí.

"Baineann an cás seo le eachtra a tharla i gcurach chanbháis i dtús na bliana seo caite, a Bhreithimh Uasail," ar seisean leis an ngiúistís sul má leag sé na cáipéisí go pointeáilte os a chomhair. "Beirt chomharsan atá i gceist, Pádraic Mhicil Ó Súilleabháin agus Colm Shéamais Ó Súilleabháin."

Col ceathracha, a smaoinigh Pádraic, tar éis don ráiteas a intinn a chur i ndiaidh a cúil. Ba leis fhéin an churach. Curach oibre thrí sheas nár lig sé aon tsiléig inti. Nuair a bhíodh a chomhaoisigh ag imeacht le haer an tsaoil ba é aer úr an chladaigh ab ansa le Pádraic. Dualgas air, b'fheictear dhó, an churach ar chaith a athair fad saoil ag gliomadóireacht inti a choinneáil sleamhain slíoctha. Cóta tearra curtha de shlacht uirthi chuile shéasúr agus paistí canbháis dá bhfeicfeadh sé cosúlacht ar bith go raibh an craiceann ag sceitheadh de na liúracha. Bhí a shliocht ar an gcurach. B'fhurasta í a iomramh. Nuair a bhíodh beirt ábalta ag baint gíoscáin as maidí rámha, ba cáite an fharraige a dhíbreodh dá droim iad. Iascaireacht ghliomach a bhí sa mianach ag Pádraic, agus ba é Colm Shéamais a bhíodh mar pháirtí aige. Stumpa déanta fir nach raibh chomh haclaí le Pádraic ach a raibh cruas agus spreacadh fite fuaite thrína cholainn. Bhí giodán talún ag Colm, agus idir na cúpla beithíoch a dhíoladh sé agus saothrú na ngliomach, ní bhíodh clóic ar bith ar a bhean ná ar a seisear muirín.

Is iondúil le iascairí a bheith seasmhach agus ba tréith í a roinn Pádraic agus Colm lena chéile. Ní raibh beirt chomharsan ar an dúiche ba soilíosaí, ag obair as lámh a chéile sa ngarraí, sa gcladach agus ar an bportach. Ghiorraídís gearróga dubha agus dúluachair na bliana ag baint slata coll agus á bhfíochan ina bpotaí gliomach. Gach bearach chomh fite le mórshaothar ealaíne, gasúir Choilm ag déanamh a gcuid féin de Tigh Phádraic de bharr gur lean an ghnaíúlacht an cineáltas. B'fhada leis an mbeirt chomharsan nó gur athraigh an t-am, fíbín orthu le fonn a dhul chun farraige. Dé hAoine ab iondúla leo tús a chur leis an séasúr, in ómós na pisreoige, ach mheall peata lae chun farraige i lár na seachtaine iad, an cuan ina chlár nuair a scaoileadar na potaí go tóin poill. Mulláin aistreánacha le feiceáil go soiléir i nglé gorm na mara is gan puth as aer nuair a scaoil Colm an pocán deiridh thar bord.

"Bídís ag lascadh leo anois in ainm Dé," arsa Pádraic, "tabharfaidh muid an chéad tarraingt dhóibh Dé hAoine faoina bheith slán." Radharc na bhflaitheas a bhí i gcneas na farraige agus iad ag iomramh leo de réir a láimhe nó go dtáinig siad i dtír ar ghaineamh mín na trá.

Glaoch an choiligh a chuir an bheirt as an leaba ar maidin Dé hAoine, mar gurbh iondúil leo a dhul chun farraige leis an réaltóg. Ní réaltóga a bhí ag breacadh na spéire an mhaidin áirid seo ach bogha ceatha a bhí ag cur scéin sa maidneachan. Thob ann is thob as ag Pádraic ar fhaitíos nach mbeadh an lá in araíocht ach gan géilleadh ar bith ag Colm don stolladh a bhí ag tabhairt dath geal ar dhroim na mara. "Tiocfaidh muid siar ina haghaidh agus is furasta dhúinn í a scaoileadh aniar le cóir má shéideann sé," ar seisean, ag cur na maidí rámha ar a ghualainn is á leagan thíos i mbéal na taoille. Theastaigh a gcuid spreactha uilig uathu ag leagan na curaí, ag éirí fúithi agus á hiompar ar a gcuid slinneán nó gur chuireadar ag snámh í.

D'aontaigh chaon duine acu nárbh é an lá ba mheasa dá rabhadar ar farraige ariamh é agus iad ar aon bhuille á hiomramh siar in aghaidh mútaí farraige nó gur aimsíodar an chéad stropa potaí. Cáir gháireach ar Cholm ag tógáil gliomach as an gcéad phota agus á bhaoiteáil an athuair. Crúba Phádraic chomh daingean le bioranna miotail i ngreim sna maidí ar an seas tosaigh agus graithe dá dhícheall aige ag iarraidh gob na curaí a choinneáil in aghaidh na haimsire. Ní raibh clóic orthu ag oibriú leo aniar idir na mulláin bháite, mar nach bhfuil an gliomach le fáil ach san áit a bhfuil clochair is contúirt. Shuaimhnigh Pádraic chomh mór i mbun a ghraithe is gur las sé a phíopa san ionú a bhí idir dhá stropa.

I ndiaidh a cúil a scaoil siad isteach faoi bhun an bhranra í, bruth geal farraige cháite ag baint rampúch as an bpucán.

Bhí Colm ligthe amach thar an transam agus a shúil chomh géar le súil gainéid, ar thóir an rópa faoin uisce. De sciotán amháin a shíl sé é a aimsiú nuair a nocht an bhuaidh go tobann, ach bhuail maidhm chlagfharraige an churach ag an ala céanna. Baineadh truisle as Colm, a chuir i ndiaidh a mhullaigh amach sa bpoll báite é. An fhad is a bheifeá ag rá in ainm an Athar níor thóg sé ar Phádraic an griféad a theilgean thar bord. Le iompú boise bhí an churach ag damhsa ar ancaire.

"Cáil tú agam?" a scread Pádraic, is gan dé le feiceáil ar a chomrádaí. Réab Colm, ag lascadh na farraige lena lámha nuair a tháinig sé go barr uisce cúpla fad láimhe ón gcurach. Rug Pádraic ar an ngeaf go deifreach, é ag fógairt ar Cholm a mhisneach a choinneáil ach bhí sé sloigthe go tóin poill sul má bhí deis aige é a tharrtháil. Scaoil Pádraic feá le rópa na hancaire go gasta, ag iarraidh a bheith i bhfoisceacht fad láimhe dá chomrádaí nuair a thiocfadh sé go barr uisce an athuair. Fios aige dá dtéadh sé go tóin poill an tríú babhta go bhfanfadh sé thíos. An geaf ab éigin dhó a oibriú nuair a chaith brúcht farraige aníos thrí thriopaill shleamhaine na coirlí é. I gcába a sheaicéid a d'éirigh leis gob géar a chrúca a chur i bhfastó. Saothar air á tharraingt i dtreo dheireadh na curaí. Réab Colm go fiáin aríst eile ag cur streall sáile go fíochmhar as a phutóga, greim an fhir báite á chur ag strachailt cois an gheaf nó go bhfaca Pádraic braonacha fola ar fhad a leicinn mar a bheadh gob an gheaf tar éis teagmhachtáil leis. Ba é a chloch nirt fear bog báite a thabhairt ar bord, á shíneadh ar a bholg ar an seas láir nó go gcuirfeadh sé an sáile as a ghoile.

Taoscadh i ndiaidh taosctha agus Pádraic ar a bhionda ag iomramh nó gur bhuail sí gaineamh. Sásamh intinne á ghríosadh nuair a fuair Colm an chaint leis an athuair ach an gliondar ag athrú ina alltacht chroí nuair a thug sé faoi deara go raibh priocadh de ghob an gheaf tar éis damáiste a dhéanamh do shúil Choilm.

Mheas sé gurbh shin é an tráthnóna ba dhuibhe ina shaol ach bhí athrú intinne anois air ag éisteacht le dríodar cainte ó abhcóide sleamhain slíocta a mbearrfá tú fhéin i bhfilleadh a threabhsair. É chomh muiníneach ag strealladh na mbréag le fear a bheadh ag déanamh glan na fírinne.

"Suigh síos," a d'ordaigh an giúistís nuair a sheas Pádraic suas le cur ar a shon fhéin.

"Ach ní mar sin a tharla beag ná mór – "

"Suigh síos, a deirim," arsa an giúistís go coilgneach. "Beidh cead cainte ar ball agat."

Bhí aoibh bheag mhagúil ar an abhcóide nuair a d'fhéach sé idir an dá shúil ar Phádraic. "Strachail tú an tsúil amach as cloigeann an fhir sin le do gheaf."

"Ach bheadh sé báite murach . . ."

"Suigh síos, a deirim!" arsa an giúistís go bagrach.

"Is fíor gur tharla timpiste," arsa an fear sleamhain slíoctha, "ach ní raibh stró ar bith air a theacht isteach sa gcurach aríst as a stuaim fhéin murach gur bhasc tusa leis an ngeaf é."

"Nach fíor sin, a Choilm?" curtha de chruthúnas lena fhianaise aige.

D'aithin Pádraic nach ligfeadh an náire do Cholm breathnú díreach air. Coinneal bhagrach i ndearcadh a mhná céile á mhaíomh chun bréige. Gan in alltacht Phádraic ach díth céille don té a cheapfadh gur díreach atá dorú.

Bhí na comharthaí sóirt ar fad á soiléiriú ina intinn anois. Clann Choilm, nár thaobhaigh an teach aige le achar aimsire. Colm fhéin, a bhíodh rite sa seomra nuair a théadh sé ag cur a thuairisce, agus a bhean, a bhí chomh bundúnach le gadhar drochmhúinte ó Dhia is ón saol. Bhí beagán aiféala anois air nár fhostaigh dlíodóir le labhairt ar a shon mar a mhol na comharsain dhó. Tocht ina ghlór agus é craite nuair a dúirt an giúistís leis cur ar a shon fhéin.

"Chomh cinnte is atá Dia sna flaithis, a dhuine uasail," ar seisean, "ní raibh mise ag iarraidh aon dochar a dhéanamh don fhear sin. Thabharfainn an tsúil amach as mo cheann dhó ag an bpointe seo dá bhféadfainn. Bheadh sé curtha thiar sa reilig inniu murach gur éirí liom an geaf a chur i bhfastó i gcába a sheaicéid sul má chuaigh sé go tóin poill an tríú babhta."

Bhí an fear sleamhain slíoctha de léim ar a chuid bonnacha mar a bheadh caint Phádraic tar éis ga a chur ann. Lena leathláimh a d'iarr an giúistís ciúineas.

"Níl a fhios agam cé agaibh atá ag inseacht na fírinne," ar seisean, "agus níl ach bealach amháin lena fháil amach. Nuair a thiocfas a mhacasamhail de lá, tiocfaidh an bheirt agaibh amach sa gcurach go dtí an spota céanna. Beidh na Gardaí ag coinneáil súil ghéar oraibh. Tiocfaidh tusa amach thar bord agus síos go tóin poill, a Choilm, agus má tá tú ábalta a theacht isteach sa gcurach aríst as do chonlán fhéin, tabharfaidh mise mo bhreith dá réir."

Dochreideamh

Mheas mé ar dtús gurbh é an solaisín dearg a bhí ag lonradh go criothánach os comhair na haltóra a bhí tar éis m'intinn a bhogadh chun síochána. A shíordhearcadh curtha de gheis ar m'amharc agam d'fhonn fad an ama a mheilt. An séipéal taobh lena lóchrann, cé is moite den réiltín eolais a scairt ar íomhá Mhuire is Sheosaimh sa gcribín agus bolgán leamh os cionn bhosca na faoistine a d'iompódh an dubh ina gheal don phobal a bheadh ag iarraidh sáinn a aimsiú sna suíocháin ar ball. Ach bhí os cionn uair go leith le crágáil ag snáthadaí an chloig sul má chuirfeadh dhá bhuille dhéag as a chrioslach dlús le Aifreann na Gine. Ba é diomailt an ama seo a chuir cor intinne ó thús orm. Mé súgach sásta i gcuideachta mná is muiríne nó gur thosaigh mo mháthair á beophianadh le fonn a dhul ag an aifreann.

"Ach ní thosóidh an t-aifreann go ceann dhá uair an chloig, a Mhama," a deirimse, ag freagairt don dearcadh míchéatach a bhí ag stánadh orm as súile mo mhná.

"Is cuma sin, a chuid, beidh mo choinsias le sciúradh agam faoi chomhair an linbhín Íosa agus trí lán an phaidrín le cur le hanamacha na marbh."

"Á, ná himigh go fóill, a Mhamó," a bhéic ár dtriúr clainne d'aon uaill os cionn an bhladhrúch sonais a bhíodar a bhleán as méarchlár a bhí faighte mar bhronntanas Nollag ag duine acu. Shíl mé gur ardú meanman a mheabhraigh an seabhrán a bhí rithim an cheoil a bhaint as a leathcois in aghaidh an urláir, nó gur éirí sí ina seasamh agus fíbín uirthi d'fhonn a dhul ag déanamh a hanama.

"Tabhair abhaile mé nó go bhfaighidh mé mo chóta, is leag thoir ag doras an tséipéil mé. Sin a bhfuil mé a impí de mhaoin an tsaoil ort, a mhaicín."

Achainí nár fhéad mé a dhiúltú, cé go raibh a beartas tar éis cluaisíní croí mo chlainne a mhaolú, agus nárbh í an dea-phaidir a bhí le mothú sa spros grúscán a chuir mo bhean chéile an doras amach inár ndiaidh.

"Níl aon nádúr ceart i Nollaig na huaire seo don té a chleacht suáilceas na sean-Nollaigeacha," a deir sí ar an mbealach soir sa gcarr.

Tost a fuair sí mar fhreagra. Graithe de mo dhícheall agam ag iarraidh foighid a chur sa taghd a bhí do mo ghríosadh chun ropadh teangan a thabhairt di.

"Go saolaí Dia thú, a leana, tá mé sna flaithis anois. Téigh siar abhaile go dtí do chúram," a deir sí i gcogar tar éis dhom í a threorú isteach sa suíochán i bhfoisceacht go mbeannaí Dia den altóir. Chuaigh sé rite liom smacht a chur ar mo theanga is mé ag dealú liom go scólta trasna go dtí taobh na bhfear de réir ghnás na huaire. Gan mac an éin bheo de bhrabach ar an séipéal ach an bheirt againn.

"Nár léir di nach féidir seanbhean gan amharc a fhágáil aisti féin an tráth seo d'oíche," a mhungail mé go hoilbhéasach i dtreo sholaisín dearg an tsanctóra. Mhionnóinn ar ala na huaire gur súil a chaoch sé ar ais orm amhail is dá mbeadh sé beo beathaíoch ag meabhrú dhom gur sháraigh an fhoighid an chinniúint. Bhí m'aire gointe láithreach. M'amharc i bhfastó sa lasóigín dearg a bhí chomh mánla le teanga ag líochán an oilc as mo chroí. Chuile líochán ag bíogadh meanmnaí ar iontú bisigh mar a bheadh ceirín ag diúl an tsilidh as lot. An friochadh ag maolú i gcuisle na fola de réir mar a bhí mo chroí ag dul chun suaimhnis. Bhí sólás neamhshaolta eicínt in aeráid an tséipéil a chuir faoi gheasa mé. Náire do mo bhualadh, rá is go mbeadh sé d'easumhlaíocht ionam a bheith ar thob achainí mo mháthar a eiteachtáil Oíche Nollag, a liachtaí comaoin is comhairle a bhí curtha aicise ormsa ón gcéad nóiméad ar mhuirnigh sí mo bhéilín linbh chun bleacht na beatha a dhiúl dá cíoch agus mé fós smeartha le taise a broinne.

Faoi m'anáil a chuir mé m'aiféala in iúl, leisce orm a bheith rótheanntásach le Dia ó tharla mé a bheith patuar ar a chuid aitheanta ón tráth ar thosaigh na meáin ag cur bréagchráifeacht agus scannail i leith cuid dá chuid searbhóntaí.

Go humhal a thóg mé mo shúile den solaisín dearg, ag díriú m'amhairc go náireach i dtreo mo mháthar. Aoibh aoibhnis a bhí ag tál as scáile a héadain sa gclapsholas, í ag méirínteacht go dílis ar chlocha réchaite a paidirín, a beola ag síorstua na n-urnaí go ciúin mar a bheadh sí ag dearcadh na marbh thrí ghealacáin chaocha a súl. Radharc a bhain stangadh asam. Mise, a raibh scoth an amhairc agam, dall ar an áilleacht a bhí sise a fheiceáil thrí shúile a hintinne. Dhún mé mo shúile féin d'fhonn dé a fháil ar ábhar a cuid samhlaíochta. Suaimhneas síoraí ab fhacthas dhom i séimhe an dorchadais. Fios agam ag an ala sin nárbh é an solaisín dearg ach diamhaire an chiúinis a mheall chun suaimhnis ó thús mé. Cluas na heasóige orm ag iarraidh breithiúnas a bhaint as monabhar an chailm. M'intinn ag ruatharach i measc na bhfíréan a rinne síocháin go cráifeach leis an Athair Síoraí sa tearmann diaga seo. Seanfhondúirí mo dhúchais ar fhulaing mo ghualainn meáchan a gcónra ar a n-aistear deiridh i dtreo na síoraíochta. Mé ag samhlú a spioraid ar foluain i mo thimpeall. Cráifeacht a gcuid urnaí fanta i bhfastó sna saltracha dídine os mo chionn. A ngiúin ag crónán ar nós nótaí ceoil i gcroílár giúise na mbinsí, fadradharc m'intinne á dtabhairt chun cruinnis de réir a chéile. M'éadan ag bogadh chun láíochta ag dearcadh báinín is bréidín. Torann tairní bróg ar chlocha eibhir an bhóthair ag athnuachan i log mo chluaise. Seanmhná ag sioscadh go geanúil lena chéile. Cótaí dearga agus aprúin seic á bhfolach go talamh. Scothóga a gcuid seálta ar áilleacht an tsaoil. Dia is Muire mar thús is deireadh ar bhriathar a mbéil. Gan cor ná casadh i mbóthar a leasa chomh fada is a bhain le creideamh.

Phreab mé in airdeall de gheit, gan a fhios agam ar bheo nó marbh an té a raibh scrábáil a chos tar éis creathadh faitís a chur ar fhad mo dhroma. É stalcach ina bheartas. Cúpla coiscéim ag giortú ina lánstad. Leisce orm súil scáfar a chaitheamh thar mo ghualainn nó go ndeachaigh sé tharam síos. Tharraing mé m'anáil go nádúrtha an athuair. Taimín Phádraic. Fear a raibh aithne mhaith agam air agus gean agam dhó dá réir. Fear sléibhe a bhféadfá maoin do shaoil a chur ar a fhocal. Duine cúthalach mín mánla a bheadh beagán míchompóirteach i measc an tslua. Thuig mé a chuid geáitsí ar an bpointe boise. Teannas ag cruachan a éadain thanaí chun imní nó go mbeadh bráite feiliúnach aimsithe. Marc feiceálach eicínt a threoródh ar ais chuig an suíochán ceart é tar éis a theacht aníos ó chomaoineach.

Ag an dara staid déag de thuras na croise a chuir sé sála i dtalamh. A chuid súile ag tomhais achar sócúlach ón altóir, an ríochan ag traoitheadh go follasach ina chlár éadain agus é ag feacadh a ghlúine go hómósach agus go háthasach. Isteach leis go deifreach nó gur leag sé a chaipín agus an *flashlamp* go cúramach ar stuaic na fuinneoige. É ar thob an cóta *gaberdine* a sceitheadh nó gur thosaigh a mheabhair ag ríomh na haeráide. D'athródh an t-iompar éadaí a bhí i ngaimh fholamh an tséipéil nuair a thosódh plód daoine á loisceadh le teas a n-anála. É ina sheasamh i gcruth deilbhe fad is bhí a intinn idir dhá cheann na meá. Go cúramach faoi dheireadh a bhain sé is a dhúbail sé an cóta ar chóir shábhála.

D'athraigh a dhreach chun sonais chomh luath is a bhí na cinnithe beaga saolta déanta. An paidrín ag fáil aire na huibhe de réir mar a shlíoc sé aníos as a phóca é. Na glúine ag lúbadh faoi le teann ómóis nuair a ghearr sé fíor na croise air fhéin is phóg sé íomhá an tslánaitheora go deabhóideach. Ba le Dia uilig ar an toirt é. Sioscadh a chuid urnaí i dtreo na haltóra tar éis giúin mo mháthar a ardú mar a bheidís ag maíomh a chéile chun cráifeachta. Líon mo chroí le cion orthu. Gan fanta saolta ach deireadh an áil den ghlúin daoine seo a bhí mar laochra agam. Fios a ngraithe agus fios a labhartha curtha de bhuadán ag an nádúr orthu.

Thosaigh taom uiríseal ag meabhrú go mba cheanndána an mhaise dhom droim láimhe a thabhairt dá gcreideamh. Atmaisféar síochánta an tséipéil do mo chur in aimhreas i dtaobh fhéinmhuinín na nua-aoise. É follasach go mba suarach a mhalairt iad ól agus drugaí ar an suaimhneas intinne a chothaigh simplíocht a gcreidimh do na seanóirí seo.

Le hanam na marbh a chuir mé liodán beannachtaí. Gliondar orm as an bhfuascailt intinne a bhí tar éis gníomh sóláis a dhéanamh de ghníomh dóláis mo mháthar.

Siar, siar i gcuimhne an tseansaoil a bhí m'intinn ag snámh. Mé chomh sámh is dá mbeinn ag bobáil chodlata. Seanteach ceann tuí mo shinsear feicthe agam idir mé agus léasán dearg deireadh bliana. Brat nua tuí ar dhath an óir faoi scáile grian seaca a bhí ag dul i dtalamh in iarthar spéire. Rópaí ronnacha buí crochta ó rata go rata faoi chaolach an tí. Trí nó ceathair de cheanna ar bogadh go blasta in uachtar pota fataí suipéir os cionn gríosach dhearg clochmhóna. Málaí coirce síl ag cruachan faoi chomhair na hathbhliana ar stuaic an áiléir. Craobhacha cuileann dearg ag maisiú na bpictiúirí beannaithe ar bhallaí aoldaite. Coinneal mhór na Nollag mar a bheadh sí ag fás as tornapa i lár an bhoird. Allúntas dhá lá dhéag de bheatha beithíoch stóráilte leis an doras dúnta. An doras eile béal in airde faoi choimirce Mhuire. Fiacla an tseaca ag baint ghiúnaíl as an mada faoi bhun an choca féir nó gur thug fead cead síneadh agus searradh an teallaigh dhó. Boladh cáca *treacle* ag aimsiú mo pholláirí. Seoide ag baint geit as buacais an lampa ola mór. Bhí mé á bhfeiceáil chomh soiléir leis an tráth ar mhair siad. Saibhreas a gcuid cainte ag cur cumha orm, gan acu ach ón láimh go dtí an béal ach iad ar a nglúine go buíoch beannachtach i ndeireadh oíche. Duine is beithíoch curtha faoi choimirce Chríost sul má coiglíodh an tine is thug siad suaimhneas na hoíche dá gceithre chnámh ar leapacha clúimh.

Chaithfeadh sé go raibh mise tar éis néal a thabhairt liom ina dteannta. Scáile lóchrainn ón gcrann solais os comhair na haltóra a bhí tar éis mo chuid mogaill a phreabadh as a sáimhín só. Tuilleadh soilse ag bíogadh as éadan ar fhad an tséipéil nó gur ruaigeadh an dorchadas. Doras mór na sráide ag gíoscán go seasta agus mórchuid daoine ag rúpáil isteach sna suíocháin.

Thug mé súil chosantach i dtreo mo mháthar ar eagla go mbeadh clóic ar bith á treascairt. A mhalairt de chosúlacht a bhí ar a dreach, mar a bheadh sí ag samhlú soilse na bhflaitheas i ngileacht a dorchadais. Lámh craite go geanúil aici le beirt bhan a bhí tar éis teannadh isteach lena taobh cé nár léir dhi cé dar díobh iad. Bhí Taimín Phádraic fós ar a bhionda ag adhradh Dé, rinse a d'fhág síorchaitheamh an chaipín greanta go follasach i gciorcal liath a fhoilt gruaige.

Céard seo? Bean théagartha a raibh snua a codach uirthi a bhí á téaltú fhéin isteach sa suíochán lena thaobh. Í á ghrinniú go fíochmhar mar a bheadh sí ar thob fogha a thabhairt faoi. Chocáil sí súil mar a bheadh sí ag tnúth le cúnamh chun é a ruaigeadh as seilbh, sul má choisric sí í fhéin go drochmheasúil ar a comhluadar.

Stiall cam ort, a smíste, murar fada isteach a thug do dhá chois thú, a smaoinigh mé, is dalladh fairsinge ar thaobh na mban agat.

Ar éigin a bhí an smaoineamh rite thrí m'intinn nuair ba seo isteach suachmán de bhean eile leis an taobh aici. Lasadar éadan a chéile le milseacht an tséasúir sul má chuir comhluadar Taimín gruaim na héisealachta ar a streill.

Tuilleadh glogair anois agaibh, murar gann a chuaigh áit siosctha oraibh, a smaoinigh mé is mo mheon ag cruachan de bheagán i gcoinne an mhianaigh theanntásaigh a bhí ag glacadh seilbh ar mo dhúchas de réir a chéile. Thóg mé mo shúile dhíobh d'fhonn an suáilceas a choinneáil i mo chroí. Chinn orm meangadh gáirí a chosc is mé ag dearcadh ar lorg drad fiacal i bpéint an bhinse. Léasán maith fhéin a bhí smutaithe isteach go dtí an grán amhail marc a d'fhágfadh caora i gcraiceann crann úll. B'fhurasta aithne nach fiacla bréige a rinne an fhoghail. Gasúr, a mheas mé, ag ídiú dhualgas an Domhnaigh le gearradh fiacal.

Chuir brú daoine in aghaidh an bhalla mé, an séipéal ag líonadh as éadan anois, cé is moite de na cúpla suíochán a bhí timpeall ar Thaimín Phádraic. Na cúpla duine a d'umhlaíodh ag ceann na suíochán seo ag bailiú leo ar an toirt mar a bheadh an cat crochta rompu.

B'fhada a mbeartas ag dul ó mheabhair orm nó go dtug mé lipéad a raibh *"In áirithe"* scríofa air faoi deara ar leiceann na suíochán. Níor ghá dhom dó is dó a chur le chéile ó ghlac cúpla a mbíodh cúram an chóir orthu a n-áit go honórach sna suíocháin choiscthe. Iad feiceálach ag scaipeadh bileoga iomainn faoi chomhair a gcomhghleacaithe.

Ní doicheall ach a mhalairt a bheadh dá gcomhluadar agam dá bhfanfaidís ar an áiléar a bhí deartha don chór i gcaitheamh an tsaoil, i leaba a bheith ag fiach ar ghanntan suíochán an phobail. Thóg mé mo shúile dhíobh go deifreach d'fhonn smaointe diúltacha a chur faoi chois.

Bhí chuile shuíochán eile ag cur thar maoil ag an tráth seo. É ina bhrú brú sa gcarnán i mbolg an tséipéil de réir mar a bhí daoine ag iarraidh áit cairín a aimsiú. Go fiú na daoine a raibh sé d'aghaidh acu a dhul go haltóir, bhíodar ag casadh ar ais go maíteach, ag tnúthán le sméideadh i dtreo na gcorrmhant a bhí curtha in áirithe sul má b'éigin dhóibh déanamh ar áit seasaimh i gcúl an tséipéil.

Bhíog an pobal fré chéile in airdeall chomh luath is a d'fhógair céadbhuille an chloig go raibh sé ina mheán oíche. Chuaigh beirt chléireach go luathchosach thrí dhoras an túir nó gur bhaineadar formán lúcháire as clog mór an tséipéil. Ghuigh duine nár aithin mé "Nollaig Shona" dhom de réir mar a mheall aoibhneas croí an pobal ina seasamh. Bhain sinneán ceoil macalla as na fraitheacha nuair a chroch an cór "Clog Binn na nAingeal" suas go meidhreach. Bheinn sna flaithis dá gcoinneoinn mo shúile dúnta ach leathnaigh m'amharc ar shliseoigín mná a bhí seasta ar bhoiscín agus giodar inti ag treorú an cheoil le cipín slaite. Thosaigh mo chroí ag rince le rithim agus le binneas an cheoil, mé ag gabháil fhoinn in ard mo chinn a chúnamh dhóibh:

"*Ave Ave Ave Ma-ri-a,*
Ave Ave Ave Ma-ri-a."

Tháinig cúig nó sé de straigléirí, nár mharaigh a ndeifir iad ó bhí fios acu go raibh a gcuid suíochán sábháilte i láthair de ruathar. Iad ag ardú a nglóir de réir mar a bhrúigh siad isteach sna suíocháin.

"Do stiúraigh an tAingeal . . ."

Ó bhó, ba léir go raibh áit leagtha amach do chuile chórach le linn cleachtaidh agus go raibh Taimín Phádraic ina éan cuaiche tar éis suachmán binbeach a choinneáil amach as an nead.

"*Ave Ave Ave Ma-ri-a.*"

Rinne Taimín cartadh beag neirbhíseach lena chosa nuair a thug an bhuíon córach aghaidh a mbéil air. Oiread scéin ann le caora a bheadh sáinnithe ag paca madraí nuair a mhothaigh sé na súile á tholladh. Iad ar aon nóta idir mháthair is mhaighdean á dhíbirt as a n-ósta.

"*Ave Ave Ave Ma-ri-a . . .*"

Dhearc mé a scéin ag neartú ina sceon nuair a chrap sé chuige cóta, caipín agus *flashlamp*. Dath an bháis air ag tabhairt na n-aobha leis amach tharstu, gan de shamhail aige ach coinín a bheadh caochta ag lóchrann nuair a sheas se i lár an phasáiste, gan foscadh ná dídean de bhrabach sna binsí nó gur smaoinigh sé teitheadh go náireach i dtreo dhoras na sráide.

"Ave Ave Ave Ma-ri-a . . ."
Thriomaigh an t-iomann i mo scornach. An braon a bhí i mullach mo chinn ag dul go dtí bun mo choise. An ceol a bhí i nglór an chóir tar éis athrú ina thafann. Mo chroí ag cur thar maoil le teann trua do Taimín Phádraic. Fear réidh socair a bhí tar éis chúig mhíle de bhóthar uaigneach sléibhe a mharcaíocht ar mhuin rothair le go mbeadh sé ar a chompóirt ag tabhairt urraim do theacht an linbh uair an chloig roimh ré.

Mé á shamhlú anois ag treorú an tseanrothair thrí na carranna móra áirgiúla a bhí níos fairsinge ná sprémhóin sa gcarrchlós. Gan de chumhacht aige ach neart a chnámh ag rothaíocht in aghaidh na n-ard i ndorchadas na doininne.

"Alleluia, Alleluia, Alleluia," a gháir an cór nuair a leag an sagart íomhá an linbh Íosa faoi ghlóir sa mainséar. Gíog ná míog níor roinn mé leo ach mo bheola daingnithe chun feirge. M'intinn déanta suas agam gur cois cladaigh ar an uaigneas a dhéanfainn mo mharthain ar thoradh na gine is na broinne as sin amach. Áit a dtiocfadh maidhmeanna geala as ríocht i gcéin ag craobhscaoileadh a soiscéil is a mbeadh réalta na spéire ag fuascailt nádúr Dé.

An bóthar abhaile a thabharfainn orm fhéin murach cúram máthar. Mo shúile ag rá liom gur seó faisin a bhí ag fágáil an linbh Íosa in áit na leathphingine.

Páis a bhí i bhfad an aifrinn, gan oiread grá Dé fanta ionam is a thabharfadh ómós d'ofráil ná d'altú. Duifean mo choinsiasa do mo choisceadh ar shacraimint Chorp Chríost nuair a rinne an pobal fré chéile scuaine caol fada i dtreo na haltóra. Ba ríchuma liom a bheith i mo chuid suntais dá gcuid stánaidh. Mé fíormhórálach as an seasamh aonfhir a bhí mé a ghlacadh in aghaidh an dícheannadh a dhíbir Taimín Phádraic nó gur baineadh stangadh aríst eile asam. Taimín a bhí ina shearrach i ndiaidh giorráin ag dul síos tharam i ndeireadh na scuaine, gan aithne olc ná mailís ag gabháil leis ach a cheann faoi go náireach ag fáiltiú roimh ghrásta Dé.

Mhothaigh mé an bhrí ag imeacht as mo chroí mar a bheadh

peil a dteangmhódh dealg léi. Bhí a chuid umhlaíochta ag déanamh cíor thuaifil de mo chreideamh as sin go dtí deireadh an aifrinn. Easnamh in ainseal, nach gceadódh dhom an leiceann eile a iontú. Go marbhánta a chuir mé mo lámha le chéile nuair a thosaigh an pobal ag gleáradh bos tar éis don chór dlaoi mhullaigh a chur ar a dtaispeántas le "Oíche Chiúin". Bís ar dhaoine ag craitheadh a gcuid lámha is ag tréaslú a n-éachta leo. Chraith mise freisin lámh le corrdhuine de ghrá an réitigh, ach níor staon an stuacaíl a bhí ag meabhrú dhom gur beag an mhaith an bhó ó dhoirteas sí an bainne.

Brí an Fhocail

Ba é ráite lán an tséipéil go raibh snua a chodach ar an Athair Séamas. Georlach a raibh snua na gréine á dhéanamh feiceálach thar ghialltracha feosaithe na cosmhuintire nuair a d'fhill sé abhaile ar saoire ón Domhan Thoir. Uair chuile thrí bliana a d'fhilleadh sé, agus mura mbíodh fáilte roimh a mhórphearsa ní mba lá go maidin é. Chuile mhac an pheata sa bparóiste ag triall ar an séipéal de shiúl a gcos ar maidin Dé Domhnaigh d'fhonn éisteacht lena ghlór mór údarásach. Mná na háite feistithe go pointeáilte faoina gcuid cótaí dearga agus seáilíní bána. Báiníní agus treabhsair cheanneasna mar chulaith an Domhnaigh ar na fir agus formhór na malrach cosnocht ina gcuid treabhsar glúnach.

Chloisfeá biorán ag titim i gciúineas ómósach an tséipéil nuair a threoraigh ceathrar cléireach an tAthair Séamas go dtí stuaic na haltóra. Blaochán mór fir ó nádúr. Stádas ina theacht i láthair nuair a labhraíodh sé go mall réidh soiléir. Ceann faoi a bhíodh ar an gcosmhuintir dá gcastaí leo ar an mbóthar é. *Bicycle* nua ceannaithe aige le dhul ag déanamh aeir dá mbíodh an lá in araíocht. Gaeilge ghlanchraicneach á chur ag triall go rialta ar sheanóirí na cruachainte.

Ba dhósan a d'umhlaigh siad an mhaidin Domhnaigh seo. É ní ba chumhachtaí ag breathnú ná an Dia nár léir dhóibh. B'fhurasta aithne dhóibh go raibh sé as cor. Gríscíní a gheorlaí maoldearg ag údar bioráin eicínt a bhí á choipeadh. Níor i bhfad óna bhfiosracht freagra, nuair a réab a ábhar gearáin amach i nglór domhain feargach. Clamhsán a bhí ní ba ghaire do chnámh ná Briathar Dé.

"Goideadh teannaire de mo rothar taobh amuigh den tséipéal ar maidin Dé Céadaoin seo caite," a phléasc sé, "agus tá mé ag iarraidh ar an ngadaí é a chur ar ais láithreach."

Drúcht ná báisteach níor dhúirt sé thairis sin. Achar fada ag stánadh ar leic na haltóra sul má d'éirigh leis an taghd a chur faoi smacht. An pobal den bharúil gur in aon oghaim amháin nach ndearna sé aon tseanmóir, mar a bheadh sé ag ídiú a chuid cantail orthu. Níor spáráileadh uisce coisreacain ar an mbealach amach. Imní go bhféadfadh eascainí sagairt titim, á mearú ó ghlúin go glúin.

Lán an bhóthair de dhaoine ar aon phort, ag iarraidh meabhair a bhaint as iompar míghnáthach an Athar Séamas. Gan oiread Béarla ag gabháil leis an scuaine is a chuirfeadh tincéara ón doras ach gan deoraí in ann a dhéanamh amach céard a goideadh ón sagart.

Taobh eile dhe feicthe acu a bhí tar éis iad a chur ar a n-aireachas, mar nár chreid a bhformhór go bhféadfadh dhá thaobh a bheith ar shagart.

Breith

Coicís le cois trí ráithe ionlaois a bhí tugtha léi aici. Achar mínádúrtha do bhodóg ar an gcéad lao. Imní a ruaig Colm as teas na n-éadaí. "Caithfidh mé súil a thabhairt ar an mbodóg," ráite go leithscéalach lena bhean chéile aige nuair a chuir lóchrann tobann an tsolais stad lena cuid srannaidh.

Aer úr deireadh Aibreáin a chuir fáilte roimhe amach. Réalta fós ag spréacharnaíl in ard na bhflaitheas, ionann is uair le meilt ag dorchadas sul má d'fhógródh préachán an maidneachan.

Cogar bagrach a chuir sé i ndiaidh an mhada d'fhonn foighid a chur ann nuair a thosaigh rampúch seilge ag baint tafann as. Ghéill sé go humhal don pharúl mar a bheadh sé tar éis meabhair a bhaint as brí na bhfocal. Gan aithne ar Cholm nach ar uibheacha a bhí sé ag siúl nuair a bhain sé amach go mallchosach, ag coinneáil aghaidh an lampa le talamh de réir mar a shnigh sé a bhealach go ciúin suas thar áitreamh na gcomharsan. Fonn air a phíobán a ghlanadh murach fad réime na náire a bhí á choisceadh i dtimpeallacht na cosmhuintire. Drogall air, mar ab iondúil leis, ag éalú thar tigh na mBúrcach ó tharla nach raibh aon ghean ag an dá theaghlach ar a chéile.

Na blianta, a smaoinigh sé go tnúthánach nuair a thosaigh an bóthar ag éirí ina choinne nó gur mhoilligh sé go dtí tarraingt na gcos ag dul in aghaidh na n-ard.

Bhain pianta cnámh beagán éagaoineadh as ag dreapadh na gcéimeanna thar an gclaí. Ionú ag teastáil uaidh nó go bhfuair sé a anáil leis an athuair. "Anois in ainm Dé," ráite go himpíoch aige de réir mar a scairt sé aghaidh an lampa sa treo arbh iondúla leis na beithígh an oíche a scaoileadh tharstu. Chinntigh loinnir na súl a bharúil: cnocáinín tirim foscúil aimsithe acu agus beagán scátha á ndéanamh míshuaimhneach nó gur thosaigh sé ag caint leo. "Suicín anois" á mbladar chun suaimhnis nó go dtug sé faoi deara an bhodóg ar iarraidh.

"Dea-scéala ó Dhia againn," mungailte faoina anáil de réir mar a ghéaraigh sé ar a choiscéim siar le claí. Fios aige gurb iondúil le tinneas lao máithreach an bhainne a dhealú amach ón mbólacht, d'fhonn cúinne ciúin foscúil a aimsiú faoi réir na snadhmanna géara. Siar thríd an mbearna a bhí ar mhullach an chnocáinín, gan dé ná deatach le feiceáil uirthi i lóchrann an lampa nó gur phreab sí ina seasamh go fiáin nuair a mhothaigh sí mínádúr an chomhluadair ag teannadh léi. Leaba seanraithní a bhí rómhartha faoina cosa aici. Crúibíní an lao go follasach i mbéal a báltaí, í á socadh ar ais ón gcontúirt.

Bagairt ar an mada an chéad mhaith a rinne Colm. Fios a ghraithe á chúlú go discréideach d'fhonn an saolú a fhágáil ag an nádúr. Ar scailp a bhí i mbéal clochair a rinne sé chun eadra a scaoileadh thairis ar an gcúlráid. Mianach millteach na dtarbh a raibh barántas na Roinne Talmhaíochta leo ag déanamh imní dhó, ó tharla a bpór a bheith rómhór le saolú go nádúrtha ag beithígh bheaga na ngarbhchríoch.

Tabharfaidh mé uair an chloig dhuit in ainm Dé, a smaoinigh sé go himníoch, ag cúlú isteach sa scailp faoi bhun fásach eibhinn. Bhuail creathadh beag faitís é tar éis an lampa a mhúchadh, gan an réaltóg fhéin de bhrabach ar dhubhdhorchadas na scailpe. É in aontacht lena bhean ar ala na huaire, aghaidh a béil tarraingthe air go mion minic aige de bharr nach ligfeadh an seanghnás dhó na beithígh a dhíol as an mbealach mar a bhí déanta ag formhór a chomhaoiseacha. "Dár ngoradh fhéin faoi ghrian na Spáinne ba chóra dhúinn a bheith an tráth seo dár saol is gan an deabhal de thalamh sin a bheith mar bhraighdeán orainn go dtí lá ár mbáis," a deireadh sí. Ina thost a d'fhanadh sé. Dílseacht dá dhúchas de gheasa air cé gur léir dhó nach raibh aon duine dá chlann ag santú na sclábhaíochta mar shlí bheatha. Uaigneas a chuir faoi ndeara dhó an lampa a chasadh air an athuair. Cuimhní an tsaoil ag dul thrína cheann aríst eile nuair a scairt sé an solas ar an bhfíochán cloch a bhí ag stopadh seoide idir mhoghlaeir. Beannacht Dé curtha go dúthrachtach le hanamacha na marbh a mbeadh lorg a lámh go brách sa scailp seo. Paidir chomh dúthrachtach céanna ag sciorradh dá anáil nuair a smaoinigh sé ar na hÓglaigh a bhíodh ar a dteithiúint ó na Dúchrónaigh san áit chéanna. A liachtaí uair ar ól siad lán boise de leamhnacht te as sine na mbó nuair a bhíodh stiúcadh ocrais á gcur ar creathadh i bhfuacht nimheanta moch maidne. A sheanathair fhéin ar dhuine acu, agus Séamas a Búrca, a bhíodh ag oibriú go dílis is go dúthrachtach as lámh a chéile nó gur tharla gach ar tharla.

Smaoineamh a bhain preab as, aghaidh an lampa tugtha go haibéil chun talún aige agus é ag samhlú Bhaba ag únfairt a dóláis go pianmhar sa gcaonach tais a bhí ar urlár na scailpe. Aintín leis, nár leag sé súil ariamh uirthi, nárbh eol dhó gur tharraing sí anáil ariamh sa saol nó gur bhris bás a athar an séala rúnda ar bhéal a mháthar.

Ceist neamhurchóideach go maith a chuir ag tál na bhfocal í, gan aithne uirthi nárbh é faoistin an bháis a bhí sí a roinnt leis tar éis bhac borb na mblianta.

"An náire shaolta ba chiontsiocair leis, a mhaicín," ráite go brónach aici nuair a d'fhiafraigh sé dhi cén fáth nach labhraíodh siad fhéin ná Búrcaigh Bharr an Bhaile lena chéile.

"Baba Mhóráin, deirfiúr le t'athair, a leagadh suas fadó fíorach an lá. Seáinín a Búrca ba chiontsiocair leis. Tharraing sé raic is ruaille buaille, go bhfóire Dia orainn. Ón lá sin go dtí an lá atá inniu ann níor labhair an dá theaghlach aon fhocal lena chéile."

"Níor inis sibh ariamh dhom go raibh aintín Baba agam."

"Níor labhraíodh ar a hainm faoi chaolach an tí seo ón lá ar díbríodh í."

"Díbríodh í?"

"Ruaigeadh amach as a baile an créatúr. Ag Dia atá a fhios céard a d'éirigh don pháiste."

"Bhí sé sin barbartha."

"Barbartha a bhí an saol ag an tráth sin, tús na dtríochadaí. Bhí oiread scéine i mBaba roimh do sheanathair is gur amach a d'éalaigh sí i lár na hoíche nuair a bhuail tinneas an pháiste í. I scailp atá thuas sna cnocáin bhreaca a thug sí an páiste ar an saol lena dhá láimh fhéin. Bhí sé ina mheán lae an lá dár gcionn sul má d'éirigh le t'athair í a aimsiú, í bog báite, an créatúr. Gan inti ach an dé ar éigin tar éis na tónáiste. Réabadh a rinne do sheanathair. Marú duine air, dá ligfí taobh istigh de dhoras í. Tomás an tSiopa, ansin thíos a raibh carr aige, ba é a d'fhág istigh sa Magdalene Laundry í. Níor shásaigh sin do sheanathair gan a dhul suas as buile cúthaigh nó gur bhuail sé fhéin agus an Sean-Bhúrcach tuí shrathar ar a chéile. Ruaigeadh Seáinín é fhéin as an mbaile ach níor bhreathnaigh na Búrcaigh ná na Móránaigh díreach ar a chéile ariamh ó shin."

"Ach céard a tharla do Bhaba?"

"Fágadh istigh ansin í nó gur lobh a cuid cnámha. Bhí sí ligthe i ndearmad le imeacht aimsire nó gur ghlaoigh an fón lá ag cur in iúl dhúinn go raibh sí ag fáil bháis. A cheann a chraitheadh go diúltach a rinne t'athair nuair a ghlaoigh mé isteach as an iothlainn air. An náire in ainseal chomh mór is nach gceadódh sé an corp a thabhairt abhaile. Istigh a cuireadh an créatúr, gan duine ná deoraí dá muintir i láthair a chuirfeadh beannacht Dé lena hanam."

"Is cén bhliain í sin?"

"Is cuma cén bhliain anois í. Níor hinsíodh dhuit é ná d'aon duine eile ach oiread leat. Níor bheag a raibh curtha den tsaol ó rath is gan an seanlot céanna a bheith ag crá an chéad ghlúin eile." Géim ghéibhinn ón mbodóg a mhúscail as daoirse na gcuimhní cinn é. An mada bactha óna leanacht sul má ghluais sé go deifreach as uaigneas na scailpe. Tine dhearg ar chraiceann oirthear na spéire ag meabhrú dhó go raibh lá úrnua ar thob breacadh. Go hairdeallach a ghluais sé i dtreo na bodóige. A hanó ag baint mionghéimneach aisti agus í ag cur snadhmanna uirthi fhéin d'fhonn an lao a bhrú thrí thormach na ngrianán. D'éirigh sí ina seasamh go fiáin cosantach nuair a mhothaigh sí a choiscéim ag teannadh léi, "Dia leat," ráite go leithscéalach aige is é ag brostú i ndiaidh a chúil go haireach. Iomarca driopáis, a mheas sé go diomúch, cé go raibh seanchleachtadh ag meabhrú dhó nárbh é leas an lao a bheith achar fada idir chnámhanna. "Tabharfaidh mé leathuair eile dhuit," curtha de bhreithiúnas aithrí air fhéin aige de réir mar a dhealaigh sé leis as a hamharc.

Ar chúl leachta a chuaigh sé ar a chromada an geábh seo. Consaeit glactha le stair ghoilliúnach na scailpe aige. Caipín sonais na gréine ag éirí go glórmhar ó thalamh, míorúilt a chothaíodh taom misnigh go hiondúil murach díbliú dólásach a aintín Baba a bheith á chrá.

Diuc neirbhíseach a chuir an mada ag snámh ar a bholg nó gur luigh sé go muirneach faoina chosa. Fadradharc an chuain ó Oileáin Árann go dtí ród na Gaillimhe ar áilleacht an tsaoil. Maidhmeanna na teiscinne móire ag briseadh ina mbraillíní geala in éadan Ailltreacha an Mhóthair, leacracha liatha Cheann Boirne ag lonradh i ngaethe boga na gréine. Radharcanna nach mbíodh sé d'am aige lán na súl a bhaint astu de bharr iomarca furú le cruóg an tsaoil. Mairg a bhíos á rómhar fhéin i gcúiseanna le moch maidne, a smaoinigh sé, i leaba blaiseadh go síoraí seasta d'úireacht na háilleachta seo.

"Mo ghoirm thú," ráite faoina anáil aige nuair a chonaic sé deatach ag éirí as simléar Phádraic a Búrca. Fear nár labhair smid leis ón lá ar smut siad a chéile ag an scoil náisiúnta, gan d'údar acu ach naimhdeas a muintire ag sceitheadh ó ghlúin go glúin. Duine den tseanmhianach: luathlámhach, pointeáilte agus tíomhasach. Fear a raibh a bharainn de shlacht ar a chuid talún. Clascanna tógtha, claíocha bioraithe is gan dosán raithní ná tom driseacha ag fás thar aon chlaí ag gabháil leis. An t-aon simléar ar an mbaile a dtiocfaidh deatach as i dteannta a shimléir fhéin, a smaoinigh sé. Glúin na ríomhairí ag braith go leisciúil ar nua-aois na hola.

Osna chiúin chráite ón mbodóg a phreab go deifreach ina treo é. Í sínte, fiachta amach ag a móriarracht. Ar a leathghlúin a d'ísligh sé, ag breith go crua ar chrúibíní an lao. Níor dhiúltaigh an bhodóg dá chabhair an babhta seo. Ach fiántas ina súile nuair a lig sí géim bheag ghártha mar a bheadh sí ag cur a buíochais in iúl.

Mheabhraigh easpa taise na gcrúb dhó go raibh sí fágtha rófhada aige, é ag iniúchadh a ghraithe go grinn ar fhaitíos gur in aghaidh a chos a bhí an lao á bhreith. Tarraingt síor seasta ag baint osnaíl as ach gan maith ina iarracht nó go gcuirfeadh an bhodóg snaidhm a chúnamh dhó. Chuir, agus mórchuid snadhmanna, í ag ídiú a nirt go suntasach le teann struis ach é ag cinniúint ar a míle dícheall an lao a bhaint as aimhréidh na colainne. Cúnamh ag teastáil go géar, a mheas sé, ach gan tréadlia i bhfoisceacht dhá uair an chloig dhe. Gan bó ná lao ag déanamh imní de bhunáite an bhaile ach loinnir ina gcuid carranna ag triall ar shlí bheatha sa mbaile mór.

"Cabhair ó Dhia againn," ráite go sceonmhar aige de réir mar a stríoc sé dhe an cóta. Ar a dhá ghlúin a chuaigh sé an babhta seo, ag tarraingt ar a sheacht míle dícheall, polláirí an lao ag nochtadh ar éigin ach é ag cinniúint air an cloigeann mór tairbh a thabhairt thrí bháltaí cúnga. Deireadh na feide ag cur critheagla air nuair a chonaic sé an sunda ag dul thairis suas an cosán. Gheit a chroí ar feadh ala an chloig nó go dtug sé faoi deara gurbh é Pádraic a Búrca, a raibh dhá bhuicéad beatha beithíoch i mbarra láimhe amach roimhe, a bhí ann. Chlaonadar araon a n-aghaidh go duairc dorcha sa treo eile mar ba dual dhóibh.

Colm ar thob a sheacht mallacht a chur faoina anáil ina dhiaidh nuair a stad Pádraic go tobann. É ag ligint an bharra as a lámha agus ag scuabadh an chlaí go haclaí. Dorchadas na mblianta ag staonadh Choilm ó chaidéis a chur air nó go labhraíodh sé féin ar dtús. Níor labhair ach a aghaidh chomh dúr docht le dealbh nuair a rug sé ar na crúibíní a chúnamh do Cholm. Chuir an bhodóg snaidhm eile uirthi fhéin mar a bheadh an spreacadh breise tar éis í a mhaíomh.

De phlimp a tháinig cloigeann an lao ar an saol, an cholainn á leanacht i súlach sleamhain na broinne. Gan mothú ná arann fanta sa mbodóg ach a cloigeann sínte amach uaithi agus toradh mórchoimhlinte le tabhairt faoi deara i séideán a hanála. Bhí an lao sínte ina shúm sám nó gur chuir Pádraic séideog ina pholláirí lena chinntiú go raibh sé beo. Chuir an nádúr an bhodóg ina seasamh de dhurta dharta chomh luath is a mhothaigh sí an lao ag bíogadh chun beatha, giúin gliondair ag a teanga á líochán mar a bheadh sí ag cur cogar i gcluais a céadghin.

Go maolchluasach a bhí an bheirt fhear á bhfaire, teannas míchompóirteach á gcoinneáil ina dtost. Bhíog a gcroí le ríméad nuair a chuir an lao na cosa faoi go corrach, an nádúr á threorú i dtreo sine a bhí ag tál faoina chomhair.

Go ciúin a chrom Pádraic a Búrca, ag strachailt mám sop as a rútaí agus ag iompú a dhroma le Colm de réir mar a ghlan sé a lámha. Go mall discréideach a bhain sé coiscéim as le dhul i mbun a ghraithe.

B'éigin do Cholm géilleadh dá choinsias, a ghlór fhéin ag cur iontais air nuair a dúirt sé, "Go bhfága Dia do shláinte agat, a Phádraic", caint a rinne staic de Phádraic a Búrca. É ag caitheamh uaidh a mháim sop de réir mar a chas sé go mall i dtreo Choilm. Tost ansin mar a bheadh an neamhchleachtadh á chur in sáinn.

Bhog a éadan chun suáilcis nuair a labhair sé. "Ní bheadh sé ceart éagóir a dhéanamh ar bheithíoch," ar seisean, ag crochadh a láimhe in aontas.

Anáil fhada aoibhnis a tharraing Colm. Teannas na mblianta blite de bhéal a chléibh ag cúpla focal cainte. Mairg nach raibh scrupall ná trócaire chomh fairsing ag an tráth ar shaolaigh Baba bhocht a naíonáinín neamhurchóideach fhéin, a smaoinigh sé, ag dearcadh go cráite ar bhéal balbh na scailpe.

I nGéibheann

Ba é rúndiamhair na súl a ghoin m'aire. Loinnir iontu ag preabadh chomh luath is a bhraith sí strainséartha mo chuideachta. Mhothaigh mé a hamharc do m'aimsiú agus ag greamú dhíom chomh daingean le bairneach ar leic. A dearcadh fanta ar ancaire de réir mar a bhí an mháthair á tionlacan go maorga síos an séipéal.

Máthair a d'umhlaigh go hómósach don altóir sul má mhaoirsigh sí a crois go caothúil cineálta isteach sa suíochán tosaigh. Gan aithne a raibh a dualgas ag cur mórán múisiam uirthi nuair a chas a hiníon timpeall go glórach, do m'aimsiú an athuair le racht leanbaí. Ormsa a bhí an strus ag iarraidh déileáil go discréideach leis an aird a bhí mí-iompar na hógmhná tar éis a tharraingt orm. Cuid suntais déanta dhíom os comhair breis is scór den chosmhuintir a mheas mé a bheith do mo dhearcadh as corr a súl. B'fhearr liom beo i dtalamh ag an nóiméad sin. Mé bréan dhíom fhéin, a sciorr isteach i ndiaidh mo mhullaigh sa trap seo. Gan gaol ná dáimh ag ceachtar againn le duine ná le deoraí de bhunadh an cheantair.

Éirí agus siúl amach aríst a dhéanfainn ag an nóiméad sin murach comhluadar mo mhná céile, a raibh deabhóid a cuid urnaí ag cur ceann faoi uirthi. Gan m'éagmais tugtha faoi deara beag ná mór aici de bharr a hachainí ar an Athair Síoraí na trí mianta ab ansa léi a chur de rath ar a céad turas go dtí an séipéal seo.

Rinne mé aithris uirthi ar ala na huaire, ag treorú m'amhairc le fána amhail ostrais agus chuile shúil le Dia agam go ndíreodh an ógbhean a haird i dtreo eicínt eile. Thug an foscadh faoiseamh dhom mar a bheadh duine ag tnúthán le gaethe gréine tar éis cith a ligean thairis.

Go deifreach a rinne mé mo mharana. Cúpla nóiméad a scaoileadh tharam sa gcruth seo sul má chuirfeadh sonc beag de m'uillinn in iúl do mo bhean chéile go raibh sé in am bóthar a bhualadh. Cúpla nóiméad a bhí chomh fada le bliain is mé do mo bheophianadh ar fhaitíos go gceapfaí gur dímheas ar theach Dé a bhí do mo spochadh. Choinnigh braighdeán na míchompóirte m'aghaidh le fána nó gur thosaigh mé ag comhaireamh deireadh mo chuid foighde ar mhéaracha mo lámh. Rinneadh staic dhíom go tobann nuair a mhothaigh mé cosa ag rómhar an urláir agus daoine ag éirí ina seasamh.

Sagart óigeanta feistithe i gculaith an aifrinn a bhí ag pógadh na haltóra. Chuile shúil sa séipéal dírithe ina threo, a mheas mé, nó gur scinn mo radharc i dtreo an ghearrchaile a bhí tar éis mé a chur sna miotail. Casta timpeall sa suíochán a bhí sí agus a dhá súil do mo tholladh. Gearrchaile téagartha a raibh snua a codach á déanamh beagán otraithe, gan í mórán thar scór bliain d'aois. Í feistithe go néata i gculaith fheiceálach samhraidh a bhí crochta go maisiúil ar fhráma toirtiúil a colainne. Í beo bríomhar agus fíorláidir ag breathnú. Guaillí leathana ar cholainn chnámhach nach raibh orlach as na sé troithe ar airde. Folt tiubh catach de ghruaig dhonn nach raibh aon tsiléig ligthe ina cóiriú ag cur barr slacht ar a héadan dathúil.

Gan locht ná marach le sonrú ar a dreach murach na súile móra donna a raibh míchumas a hintinne ag scairteadh go dobhrónach amach astu. Ghlan meangadh gáirí an dreach gruama dá héadan chomh luath is a mheas sí m'aird a bheith meallta aici. Gan smacht ar bith ag cuibhriú a cuid mianta nuair a thosaigh sí ag greadadh a cos in aghaidh an urláir agus ag síneadh a méire go caithréimeach i mo threo. Treampán a thug fuarallas amach thrí mo chraiceann, cé gur léir ó réchúis an tsagairt agus an phobail go raibh taithí mhaith acu ar an ngeáitsíocht seo.

Tuilleadh teannais a chruthaigh an sonc bagrach ó uillinn mo mhná, amhail is dá mba orm fhéin a bhí milleán m'aimléise.

Baileoidh muid linn, a d'achain mé uirthi le sméid de mo cheann, cé go raibh a fhios agam go maith nach raibh fear is píce in araíocht í a bhrostú ó shollúntacht na sacraiminte.

Ghearr mé comhartha na croise orm fhéin i dteannta an chomhluadair nuair a thosaigh an t-aifreann, ach b'fhada ó mo chroí a bhí an ghuibhe a théas de phaidir leis. Ní raibh aon dul as agam ach géilleadh don chlampar a bhí mo nuachara a chruthú. Bís uirthi ag iarraidh m'aird a choinneáil. Gheal a gnúis ina lóchrann aoibhnis nuair a rinne mé meangadh beag gáirí léi. Mé in aiféala ar an toirt nuair a chuaigh a cuid spleodair thar fóir is thosaigh sí ag strachailt uillinn a máthar d'fhonn a cuid gliondair a chur in iúl go glórach. Glór a chuir sleá thrí mo chroí. Strus uirthi ag iarraidh a nuaíocht a chur i bhfocla ach a cuid beola balbha á plúchadh chun doiléire. Í a spadhradh tuilleadh a rinne an míchumas labhartha, saothar uirthi ag iarraidh a meon a chur in iúl le strachailt láimhe.

Feanc níor bhain an ruaille buaille as a máthair. Í ina seasamh chomh stáidiúil le banríon os comhair na haltóra. Bród agus uaisleacht ag baint lena hiompar. A cuid gruaige ag liathchan go nádúrtha ach gur léir ón gcoc péacach a bhí cóirithe ar ard a cúil gur caitheadh dua agus dúthracht á cíoradh. Raca fada dúbailte ag coinneáil na dtrilseán fite ina chéile, amhail drad fiacla a bheadh i ngreim cúl cinn inti. Bean a bhí go maith as, a mheas mé, nó gan aon easpa airgid le tabhairt faoi deara ar a feisteas ar aon nós.

Fuadar ná fústar níor chuir mí-iompar a hiníne de mhairg uirthi nuair a shín sí amach a lámh chlé go mánla, á fáisceadh isteach léi agus á casadh go muirneach i dtreo na haltóra. "Tá an sagart ag caint linn, a Chaitríona," curtha de chogar ina cluais aici.

Bhí boige agus sólás i mbriathra an tsagairt, aghaidh tugtha ar Chaitríona agus ar a máthair aige. É chomh séimh ag roghnú a chuid focal is gur bheag nach raibh briotaíl á bhualadh.

"Beidh muid ag cur an aifrinn seo le hanam Pheadair Uí Dhóláin, a fuair bás cothrom an ama seo. Cuirim míle fáilte roimh a bhaintreach, Bríd, agus roimh a iníon, Caitríona, agus romhaibhse ar fad, a phobail, atá anseo an tráthnóna breá seo mar chomhartha tacaíochta dhóibh agus chun tairbhe a bhaint as íobairt an aifrinn.

Anois tugaimis ár bpeacaí chun cuimhne agus iarraimid maithiúnas ar Dhia agus ar a chéile chun go mb'fhiú sinn an t-aifreann a cheiliúradh. Admhaím do Dhia uilechumhachtach . . ."

Bhí a dhóthain ráite. De ghlanmheabhair a bhí an pobal focal ar fhocal leis, mise tar éis an chéad anáil a tharraingt faoi shuaimhneas ó chuir mé mo mhullach taobh istigh de dhoras. Ach ní dheachaigh liom: bhí Caitríona tar éis suim a chailleadh i mbriathra Dé agus mo chomhluadar a aimsiú go friochanta aríst eile. Bhí mé i ladhar an chasúir agus i ngalar na gcás. Giúin olagónta chomh cráite le méileach uainín a bheadh ar strae á cur san ísle brí mura ndearcfainn uirthi agus í ag éirí sna cearca fraoigh dá dtugainn suntas di.

An fharraige agus an tsaoirse a bhain le áilleacht nádúrtha na ndumhchanna geala gainimh a bhí tar éis muid a mhealladh chun cúpla lá saoire a chaitheamh ar ár suaimhneas. Tírdhreach nár éirigh le lucht an rachmais a aimsiú de bharr é a bheith i bhfad as bealach i ngarbhchríocha iarthar tíre.

Coiníní a bhí mar chomhluadar againn nuair a thosaigh muid ag spaisteoireacht i bhfairsinge na ndumhchanna, iad ag preabadh a gcuid cluasa go fiosrach. Fáinleoga ag scinneadh thrí shaoirse na spéire mar a bheidís ag ceiliúradh luí na gréine. Faoileáin go grástúil ag marcaíocht an aeir a bhí chomh húr isteach ón Atlantach is gur bheag nárbh fhéidir é a chogaint. Deirge an chontrátha ag tuar tuilleadh den scallach a raibh muid ag tnúthán leis. Ba é dearadh neamhghnách an tséipéil a mheall ina threo mé. É neamhchoitianta i bhfianaise na dtithe beaga tuaithe a bhí scaipthe anonn is anall ar mhaolchnocáin. Iad chomh neamhrialta is dá mba anuas as an spéir a thit siad. "Ailtireacht nua-aoiseach," a deirimse do mo choisreacan fhéin. Ba leor sin chun sodar isteach a chur faoi mo bhean chéile. "Déarfaidh muid cúpla paidir," a deir sí agus a cosa ag rith uaithi.

Chun fiántais a bhí an gearrchaile ag dul mar a bheadh cuthach cúplála á tochras. Slupairt a cuid beola ag tarraingt airde i mo threo nuair a chruinníodh sí i bhfoirm póige iad. Bhí tuar na hanachaine i nglór mo mhná céile nuair a bhagair sí go díscréideach as corr a béil gan a bheith á tarraingt orm. Mise chomh diongbháilte céanna do mo chosaint fhéin le craitheadh de mo dhá láimh. Craitheadh a tharraing clampar nuair a chuaigh mo chailín in adharc an chochaill le teann spleodair ó mheas sí gur barróg a bhí me tar éis a thuineadh ina treo.

A hallagar chomh leanbaí is go mb'éigin don sagart sos a ghlacadh d'fhonn an ráig a scaoileadh thairis. Stad mo chroí ar feadh ala an chloig nuair a chroch sí leathchos d'fhonn a dhul i mbradaíl thar suíochán. D'éirigh lena máthair í a chosc le bladar béil. Bhí mé líonraithe go dtabharfadh sí a dúshlán mar gur mheas mé nach raibh bean ná fear sa séipéal a bheadh ábalta í a chloí le neart dá gcuirfeadh taom ceanndánaíochta ar mire í.

D'ardaigh an sagart a ghlór go tuisceanach ag tarraingt aird an phobail i dtreo na haltóra, é ag brostú i dtreo a cheann scríbe, mheas mé. Ghreamaigh m'amharcsa den urlár agus é de rún agam gan ligint do Dhia ná do dhuine m'aghaidh a bheith mar chiontsiocair ag a spadhar.

Ba mhór an sólás mo shúile a dhúnadh ar a hanó, cé gur léir dhom thrí pholl mo chluaise chuile éagaoineadh dá raibh á cur le báiní. Chuir mo chuid meatachais múisiam orm agus mé ag samhlú bealaí le n-éalú go dtí bráite ní ba shocúlaí i bhfairsinge mhór an tsaoil. Dá máthair a bhí trua agam nuair a thosaigh m'intinn ag guairdeall, gan aithne ar a cuid goití a raibh blas mairge uirthi ach fios maith agam go gcuirfeadh anbhá a cúraim sleá thrí chroí cloiche. Ba é an crá a bhí i ndán di a bhí ag rith thrí m'intinn nuair a chuir sonc beag eile d'uillinn mo mhná ar m'airdeall mé.

"Síocháin leat," a deir sí. Bhí gach a raibh sa séipéal ag roinnt na síochána lena chéile, gan aon dul as agam ach aithris a dhéanamh ar mo bhean nuair a thosaigh sí ag craitheadh lámh na beirte a bhí dhá shuíochán taobh thiar dhínn.

Bhí stuaic na haltóra fágtha ag an sagart, síocháin agus cineáltas i loinnir a ghnúise nuair a chraith sé lámh Chaitríona. Seitreach bheag gáirí a rinne sí agus í ag bíogadh. Greim docht daingean ar láimh an tsagairt aici agus í ag diúltú scaoileadh leis nó gur ghéill sí go múisiamach d'ordú na máthar. Bhí bís anois uirthi ag craitheadh lámh. Mná a bhí ina gaobhar ag tairiscint na síochána di go fonnmhar. Gan aithne uirthi nach dinglis a bhí a gcuid muirnéise a chur i mbois a lámh lena raibh de ghibireacht aici. Mhionnóinn ar an leabhar gur stop mo chroí nuair a chuir sí sian aisti. Mo cholainn ag strompadh agus an fhuil ag dul i ndiaidh a cúil thrí mo chuid féitheacha nuair a d'aimsigh a hamharc mé mar a aimsíos diúracán teas mealltach a cheann scríbe. Díocas uirthi ag teacht thar shuíocháin i mo threo, a cuid uallfairte ag neartú de réir mar a bhí sí á gríosadh fhéin chun cinn. Rith chomh maith is a bhí cois orm a dhéanfainn murach go raibh an náire tar éis mé a ghreamú den talamh.

Tháinig anáil an athuair dhom nuair nár ionsaigh sí d'aon uaim mé mar a bhí tuartha ag mo chuid samhlaíochta.

Stop sí i bhfoisceacht fad a láimhe dhíom ag síneadh, amach a géag go fáilí mar a bheadh páiste ag brú carthanais ar pháiste anaithnid eile. Thairg mo nádúr lámh di ar an toirt. Beart a chur ag éirí ó thalamh í, a cosa ag damhsa fúithi le neart ríméid agus boige a bos ag muirniú chroí mo láimhe. Thabharfainn freagra uirthi dá dtuigfinn a hallagar. An meangadh gáirí a scairt mé ina treo tar éis í a dhéanamh ní ba theanntásaí agus ní ba ghlóraí dá réir. Scréach a chuir sí i dtreo neamhaird an tsagairt nuair a rinne sé iarracht leanacht ar aghaidh le briathar Dé. Ghéill sé dá cuid athléimh agus don fhiántas a tháinig ina súile, taghd inti ag coiriúint air agus í ag síneadh a méire i mo threosa mar a bheadh sí ag meabhrú dhó go mba tábhachtaí i bhfad an leannán a bhí sí a thochras isteach léi. Í do mo mhuirniú i mboige a cliabhraigh. Lán a croí de chion le mothú sa ngiúnaíl ghrámhar a bhí sí a dhéanamh. Chúiteoinn a cineáltas léi murach an sméideadh bagrach dá ceann a rinne a máthair.

Í chugainn aníos an séipéal go deifreach ach go maorga. Gan collóid ar bith ag fanacht sa gcréatúr a raibh a dhá láimh fite go daingean i mo thimpeall, a cuid neamhurchóide ag samhlú di gurbh shin é a hionad sóláis go brách na breithe. Fonn cráite a bhuail mé bos a chuimilt go cineálta dá folt mín gruaige nó mo dhá láimh a chur de bharróg ina timpeall.

"Caithfidh tú í a dhiúltú," arsa an mháthair go stuama calma, amhail banaltra ag cur a cuid saineolais i bhfeidhm go fuarchúiseach. Ach ba léir ón deoir a bhí i gcorr a súl agus ón luisne bheag náireach a bhí ag cur mheacan an ghoil ina glór gurbh é an crá croí a bhain le toradh a broinne féin a bhí á treascairt. Ghéill mé go humhal dá hachainí, gan a fhios agam go baileach cén modh lena treoir a chur i bhfeidhm. Go deimhneach a leag sí lámh chineálta ar ghualainn a hiníne.

"Gabh i leith uait, a Chaitríona. Ní hé sin Deaide, a leana. Tá Deaide sna flaithis."

Bhí aoibhneas le mothú sa spros focal a thug Caitríona de fhreagra uirthi. Gan dubh na fríde féin de bhogadh ar a greim nuair a chas sí a ceann ar leathmhaing i dtreo na máthar.

"Caithfidh tú í a dhiúltú," arsa an mháthair go ciúin an athuair.

"Cén chaoi?" a d'fhiafraigh mé go critheaglach.

"Brúigh uait í," ar sise ag tabhairt comhartha dhom a bheith diongbháilte i m'iarracht.

Ba é an gníomh ba ghoilliúnaí dá ndearna mé ariamh é. Í á teanntú fhéin isteach i m'aghaidh den bhuíochas nó go raibh a cuid spreactha ag baint na hanála dhíom. Drithlíní uafáis ar fhad mo dhroma nuair a chuir sí a héagmais in iúl le scread chráite. An teannas ag tál go mall as a hoibriú nuair a ghéill sí go truamhéalach do threoir mo lámh. Déistean tar éis loinnir an aoibhnis a ruaigeadh as a cuid súile nuair ba léir dhi nár mise ach oiread an tuar dóchais a bhí in easpa ar ghannchuid aoibhnis a saoil.

Oscailt Súl

Dhá dhaba den neamhchleachtadh a chuir Stiofán agus Pádraic sna miotail. An neamhchinnteacht tar éis puca a dhéanamh dhíobh, gan a fhios ag ceachtar acu cén blas a bhí air, cé go raibh caint cloiste acu ar uachtar reoite. Ganntan cráite an chogaidh ródhaingean ina n-intinn le bheith ag déanamh mórán imní i dtaobh na beadaíochta ag an tráth sin den tsaol. Ní bhacfaidís beag ná mór leis, ná baol orthu, murach gur chuir bean an tsiopa agús ann: "Sin é an buachaill a chuirfeas an blas ar bhur mbéal," ar sise, gan fanacht nó go n-ordóidís é ach tosaí á dháileadh amach as láimh.

Ní raibh sé de chroí i gceachtar acu í a bhac. Iad strainséartha sa siopa agus míchompóirteach dá réir. D'aontaigh siad léi, mar a dhéanfadh íomhá Mháirtín Bheannaithe nuair a chaití leithphingin sa mbosca aige. Na caipíní speiceacha fáiscthe go maith ar a mullach.

Deich míle curtha dhíobh acu ar an dá shean*bhicycle* ó dhúiche Shailearna go dtí barr na Gaillimhe. Iad fhéin ag misniú a chéile ar feadh achair fhada aimsire roimhe sin sul má shocraíodar an chéad chuairt a thabhairt ar dheirfiúr Phádraic, a bhí ar aimsir ag feilméara in uachtar Rathúin. An turas ab fhaide dár bheartaíodar ariamh ina saol ag tabhairt fíor-ardú meanman dhóibh. Beirt a chuir rútaí go lagmhisniúil i dtalamh tráth a raibh an imirce ag cur gus i bplúr na hóige. Gan súil ar bith leagtha ar a chéile i gcaitheamh na hoíche ag Pádraic de bharr mionsceitimíní nach ligfeadh dhó aon suaimhneas a dhéanamh. Iad chomh mórtasach as a n-éacht leis is dá mba é an Mol Thuaidh a bhí sroichte acu. Iontas as fairsinge na talún á gcur ag comhaireamh na bólachta go glórach. Corr-ardán ag tabhairt a ndúshláin agus brothall an lae ag cur a dteanga bheag amach leis an tart.

"Níl gair ar bith ag aimsir na háite thiar ar an uain mheala atá siad a fháil sa ruta seo, a Stiofáin."

"Óra, cén, tá sé ina shíorscallach aniar anseo. Sé an trua nár smaoinigh muid buidéal liathuisce a thabhairt linn."

"Foighid ort anois, sé díol an deabhail é nó gheobhaidh muid buidéal de rud eicínt sa siopa beag seo," a deir Pádraic, ag ísliú go místuama sul má d'fheistigh sé an *bicycle* le balla. D'fháisc sé sriogán a bhí ag ceangal cóta mór faoi bhun na diallaite.

Dhá bhó le cois an leathchéid a chomhair siad i bpáirc ar chúl an tsiopa. Stiofán á choisreacan féin le teann iontais.

"Ná bíodh muid ag déanamh gaisce as na cúpla crupach atá sa mbaile againn go deo aríst," a deir sé ag baint an dá *chlip* a bhí ag coinneáil íochtar a threabhsair slán ar an slabhra agus á gcur ina phóca.

"Fan nóiméad, a dheabhail," arsa Pádraic, ag casadh ar ais nó gur thóg sé an *pump* dá *bhicycle* fhéin ar fhaitíos go ngoidfí é. Cúthalach go maith a d'osclaíodar isteach an doras nó gur bhain ding cloigín a bhí feistithe os a chionn preab astu. Gan duine ná deoraí de dhaoine an tsaoil istigh rompu. Iad cineál amscaí ag cogarnaíl lena chéile de réir mar a thóraíodar buidéal *lemonade* nó Lucozade ar na cúpla seilf fhánach a bhí ar chúl an chuntair.

"Meas tú an bhfuil duine ar bith beo san áit?" fiafraithe ag Pádraic, nuair a hosclaíodh doras de phlimp isteach as an gcisteanach a bhí ar chúl an tsiopa agus sheas an bhean ba thoirtiúla dá bhfaca ceachtar acu ariamh ina láthair. Radharc a bhain an chaint dhíobh, é ag cinniúint ar cheachtar acu a súile a thógáil de mhám ollmhór a brollaigh nárbh acmhainn dá feisteas a cheilt. "*What can I do for ye, lads?*" ráite go tirim mar a bheadh an feannadh súl tugtha faoi deara aici.

"*Lemonade*," arsa Pádraic, gan oiread Béarla ina phluic is a chuirfeadh abairt i ndiaidh a chéile.

"Níl *lemonade* agam," arsa an béinneach i nGaeilge bhriste a chuir an bheirt i bhfad ní ba mhó ar a suaimhneas.

"Rud ar bith a bhainfeadh an bruth de dhuine," arsa Stiofán, a dhá láimh ag strachailt an aeir go neirbhíseach.

"*Ice cream*," ar sise, "uachtar reoite. Tá deis a dhéanta againn fhéin sa siopa seo."

Gan ag an dá phleota ach ag breathnú ar a chéile nuair a leag sí dhá dhaba a bhí chomh geal leis an eala amach ar a n-aghaidh. Fuadar á gcur i mbéal a chéile ag iarraidh é a íoc.

"Fág agamsa an béiléiste seo," a sháraigh Pádraic, ag bacadh Stiofáin ar éigin le ciotóg mhór láidir, uafás air ag tóraíocht sa bpóca. Dhá spúnóg agus boiscín paistí tógtha amach aige sul má d'éirigh leis ceirt a raibh píosa dhá scilling i dtaisce inti a aimsiú go cúramach.

Ba é Stiofán a bhain an chéad phlaic amach, an drad báite chomh domhain sa daba aige is gur chuir sé fuar nimhe thrína chuid fiacla. "A dheabhail, is deas é," ar seisean go briotach agus fuaire an lán béil á chosc ar é a shloigeadh. Bhí a dhaba fhéin aimsithe chomh hamplúch céanna ag Pádraic. Bualadh fiacal airsean freisin ach an bheirt ag glacadh buíochais go briotach leis an mbean dhalba de réir mar a chas siad i dtreo an dorais.

"Tá sé sin úr folláin," ar sise, "is é mo chuid bainne fhéin atá ann."

Caint a bhain stangadh as an mbeirt, nár lig céim eile chun cinn iad nó gur bhaineadar lán súl as a chéile. An dá láimh a chrochadh go deifreach ar an mbean mhór ansin sul má thugadar an doras amach orthu fhéin go deifreach. Díreach thar claí a chaith Pádraic a lán béil fhéin, Stiofán ag déanamh aithris air go héisealach.

"Chuala tú, a dheabhail, meas tú dáiríre arb é a cuid bainne fhéin é?" arsa Pádraic go fiáin.

"Deile?" a deir Stiofán. "Nach bhfuil brollach uirthi a thógfadh dhá lao."

"Mo chuid tubaiste agus anachain na bliana istigh ort le purgóid a thabhairt dhúinn," arsa Pádraic ag caitheamh daba uachtair reoite thar claí i dtom neantóga.

"Soit," arsa Stiofán ag cur streoille smugairlí go héisealach i ndiaidh a dhaba fhéin.

Anbhá ar Phádraic, ag burláil íochtar an treabhsair ceannasna síos sna stocaí an athuair sul má chaitheadar cois trasna ar an dá *bhicycle* á thabhairt faoi na boinn go deifreach.

"Bíodh duine eicínt eile ag diúl do chuid uachtair anois, a strachaille," a deir Stiofán nuair a mheas sé na haobha a bheith tugtha leo acu.

Thug Pádraic súil chorrach ina dhiaidh sul má labhair sé. "Á, níl náire ar bith fanta sa saol, a Stiofáin. Chuala tú ariamh é: nach bhfeicfidh ach an té a shiúlfas."

Brí na Mionn

Ar éigin a bhí tarraingt a n-anála fanta sa bpobal nuair a mháirseáil Réamonn i dtreo na haltóra. Iad in ísle brí le teann trua dhó nuair a shlíoc sé an chónra lena leathláimh amhail is dá mba é corp a mháthar a bheadh sé a mhuirniú trí loinnir na darach. Lánstad déanta aige mar a bheadh easpa misnigh tar éis é a ghreamú den urlár.

Súile a chuid comharsan á mhaíomh go ceann cúrsa, iad in imní gur údar náire a bheadh ina iarracht ó b'annamh leis teanntás de chineál ar bith a dhéanamh go poiblí. Níorbh ionadh leo caitheamh i ndiaidh a mháthar a bheith á bheophianadh, ach nárbh í seo an áit ab fheiliúnaí lena chiapadh croí a chur in iúl.

Níor chosc sin iad gan uillinneacha airdill a roinnt lena chéile. Cuid acu nach raibh an tsochraid dlite beag ná mór dhóibh ach ag freastal dá bhfiosracht ó tharla go raibh an bás tar éis daoine a chur ag cogarnaíl. Thugadar suntas do dhath an tsagairt, a bhí tar éis athrú go follasach mar a bheadh sé ag cásamh an sciorradh focal a bhí tar éis Réamonn a ghríosadh. Seansagart a raibh seanchleachtadh aige abairtí a roghnú go máistriúil de réir mar a d'fheilfeadh don ócáid.

Bhí sin déanta go paiteanta aige, mar a bheadh caitheamh i ndiaidh an mharbháin á bhacadh nuair a shílfeadh sé breathnú idir an dá shúil ar a phobal.

Gach a raibh d'ómós dlite dhi bhí sé dáilithe amach go carthanach cineálta ag an sagart. Ceathrú uaire caite aige ag moladh iliomad a cuid dea-thréithe. "Banaltra a rinne a cion go ciúin coinsiasach, a d'fhág teas na leapan i gceartlár na hoíche go minic nuair a bhíodh othar ina chall. Bean nár spáráil í fhéin nuair a theastaigh cabhair agus cúnamh i dteach an phobail," ar seisean. Abairt a chuir corr-uillinn ag priocadh agus súile ag sméideadh go discréideach.

"Bean a chreid go láidir i nDia," ráite ar nóta ní b'ísle, mar a bheadh ceird na scéiméirí tugtha faoi deara as corr a shúl aige, agus bheadh Dia ag cúiteamh a saothair léi nuair a leagfaí a corp san uaigh i dteannta a fir chéile tar éis an aifrinn.

"Ar mo shon fhéin agus ar son an phobail atá anseo i láthair, is mian liom comhbhrón ó chroí a dhéanamh lena triúr clainne, Réamonn, Sadhbh agus Sandra. Tuigeann muid cé chomh cráite a ghoilleann bás bhur máthar oraibh agus is léir ón tsochraid mhór daoine a bhí i láthair tráthnóna aréir agus aríst inniu go bhfuil an-chuid cairde ar mian leo meáchan bhur mbriseadh croí a roinnt libh."

Athchuimhneamh ba chiontsiocair lena chasadh ar ais tar éis cúpla coiscéim a thógáil i dtreo na haltóra.

"Níl a fhios agam an dteastaíonn ó cheachtar agaibh cúpla focal a rá?" fiafraithe go cineálta dá triúr clainne aige. Stad sé ar feadh cúpla soicind nó gur chur craitheadh diúltach dá gceann in iúl dhó nach raibh aon fhonn cainte ar Sandra ná ar Shadhbh. Faoi a bhí a cheann ag Réamonn mar ab iondúil leis nó gur phreab sé ina sheasamh mar a bheadh driog óna choinsias tar éis é a bhíogadh.

Ghreamaigh an teannas daoine dá gcuid suíochán. Ba léir go raibh stangadh bainte as an sagart freisin, fios aige, óna chuairt mhíosúil ar an othar, go dteastódh pionsúr le béal Réamoinn a oscailt an lá ab fhearr a mbíodh sé. Gan dochar do dhuine ar bith ann cé go mbíodh corrdhuine líonraithe roimhe de bharr go mbíodh cor ina mhuineál ar nós bó dhrochmhúinte nuair a chastaí leo faoi bhealach é. Aistíl imithe in ainseal air ón am ar chuir ruaig dhrochmhisnigh a chuid sála i dtalamh nuair a chaith sé in aer céim innealtóireachta a raibh dhá bhliain de dhianstaidéar déanta faoina chomhair aige, beart a tharraing caint.

B'fhada gur chuala an t-athair i dtaobh theip Réamoinn, rud nárbh ionadh ó tharla gur bheag dá chuid cainte a roinn sé leis, is gur lú ná sin a roinn sé lena bhean chéile. Gnúsacht bhogúrach nuair a bhíodh dea-ghiúmar air agus páipéar an lae á chur mar phúicín ar an ngruaim nuair a thugadh sé teannas a chuid oibre abhaile leis. B'iondúil le monabhar gealgháireach a dhul in éag chomh luath is a chuireadh sé cos thar an tairseach. Gan aon rian den ghrá fanta sa meangadh cloíte a chuireadh a dualgas faoi ndeara di a roinnt leis. Béile breá blasta a leagan go humhal os a chomhair agus cúpla abairt mhínádúrtha nach gcloisfeá taobh thiar de pháipéar nuachta á staonadh ó bheith balbh ar a chéile. Bhíodh corr-ala aithreachais á chrá in éagmais sólás tús ama. Tráth a mbíodh blas meala ar a bpóg nuair a ghreamóidís go grámhar dá chéile. Cead a gcos acu ag blaiseadh go súgach d'aer an tsaoil nó gur chuir an sonas Sandra agus Sadhbh de mhórghaiste ar an tsaoirse. Fad na haimsire mar a bheadh ding doiléire ag deighilt na ngeallúintí.

Fonn millteach air corruair barróg cheanúil a chur de chuingir aríst uirthi dá mbeadh sé de ghus ann géilleadh dá chroí. A mhíniú di gurbh í an ghairbheacht teangan agus an phearsantacht dhúshlánach nárbh fholáir dhó mar bhainisteoir suímh ar chomhlacht mór tógála, a bhí imithe in ainseal air. Tuin throdach a chur ag rith as an teach ar thóir tearmann sábháilte í corr-oíche nuair a chuirfeadh táirim óil i mbarr a chéille é. Scoilteadh cinn ag meabhrú dhó nach tar éis dúiseacht as drochbhrionglóid a bhíodh sé le maidneachan. An cruas intinne nárbh fholáir chun cumas a cheirde a chur i gcrích á chosc óna pardún a iarraidh.

An cruas intinne céanna a ghoin chun airdill é tar éis do dhuine dá chuid comhghleacaithe bogán a mhic a chásamh leis amuigh ar an ngalfchúrsa. Féinsmacht, a chur cleachtas a cheirde de pharúl air, á staonadh ar éigin óna racht feirge a chur in iúl go poiblí. "Mé fhéin a mhol dhó sos a ghlacadh," ráite ar nós cuma liom aige sul má d'ardaigh sé scraith leis an gcéad bhuille eile dá mhaide gailf. In aghaidh stuif a chríochnaigh sé na hocht bpoll déag. Craitheadh an tsacáin tar éis a chuid fola a chur ag fiuchadh aríst eile. É aduain ón lá ar saolaíodh é. Deich mbliana spáis idir é agus breith na beirte eile, rud nárbh ionadh, ó tharla cosc a bheith ar chaidreamh collaí ó theith sí as leaba a bpósta. Pósadh achrannach ach gur choinnigh sé an taobh ab fhearr amuigh os comhair a chomhghleacaithe. Ise freisin discréideach, gan aithne uirthi nárbh iad an cúpla ba shona ar dhroim na cruinne iad os comhair an phobail, ach breithiúnas aithrí a chuid mí-iompair á fágáil chomh searbh le bainne téachta nuair a bhídís astu fhéin.

Bhí na hoícheanta a mb'éigin di codladh amuigh chomh géar le dealg feothannáin ar chúl a hintinne, ach bhí fios a graithe aici. Teach lóistín sa mbaile mór, áit nach mbeadh aon aithne uirthi, cé go mb'éigin di teitheadh ina feisteas codlata cúpla geábh, nó sa sacraistí b'fhéidir, ó tharla an eochair a bheith aici.

Cual smaointí a bhíodh á líonrú ar fhaitíos na bhfaitíos gur scaoil sí an cat as an mála. Saol fata i mbéal muice a bhí i ndán di dá samhlaíodh sé go ndeachaigh sí i mbradaíl taobh thiar dá dhroim. Glas curtha ar a aimhreas aige tar éis smaoineamh go diomúch ar na corrgheábh ar dhúisigh sé lena taobh sa leaba bheag le linn ráigeanna óil. Fios aige nach gan smál a gineadh a toirt nuair a bhraith sé torrach í, gan é ábalta a chion fhéin den chomhchaidreamh a thabhairt chun cuimhne ach gan é in araíocht ach oiread a cionta a chasadh léi ó tharla nárbh é an t-aon taisme é a bhíodh tionchar an óil a chur ó mheabhair air. Rith le cóir an ród ba gaire dá leas, a mheas sé, cé gur minic a d'ídigh sé peaca an aimhris go nimheanta ar a mhaicín mánla. Ise ag moladh lena éirim ealaíne nuair a bhíodh coinín nó míoltóg tarraingthe chomh foirfe ar an leathanach aige is go gceapfá gur beo beathaíoch a bhídís. A chuid fearúlachta a chuirfeadh faoi ndeara dhósan an leathanach a thabhairt go feargach as lúdracha an chóipleabhair. "Níl samhaoin ar bith san ealaíon seo!" curtha go brúidiúil i dtaca a chuid drochmhúineadh aige. Taghd a thugadh an doras amach go deifreach é ar thóir sóláis cois cuntair.

Taghd a bhí tar éis é a smíochadh chomh mór chun feirge is nach raibh sé ábalta aon suaimhneas a dhéanamh sa gclubtheach. Dhá ghloine Jack Daniels a thaoscadh agus leithscéal a dhéanamh go raibh sé ag coimhlint le cúraimí baile sul má thug sé aghaidh an chairr go deifreach ar a cheann scríbe. Aiféala anois fhéin air nach isteach i scoil chónaithe a shac sé dá míle buíochas é, áit a gcuirfí miotal i smior a chnámh in ionad síorpheataireacht a bheith ag déanamh piteoigín dhe.

Sampla Shandra agus Shadhbh a leanacht. Scoil chrua chónaithe a mhúin dhóibhsean le seasamh go dúshlánach ar a gcosa fhéin. Muinín agus díocas millteach tar éis iad a theilgean go barr réime. Cáil idirnáisiúnta bainte amach ag Sandra mar láithreoir cláracha don BBC, agus Sadhbh chomh muiníneach mar phríomh-fheidhmeannach san earnáil phoiblí is nach mórán fear a mbeadh sé de mhisneach aige a dúshlán a thabhairt. Ba leis fhéin a bhí chuile fhéith ag gabháil leis an mbeirt sin ag dul, a smaoinigh sé go bródúil, pé ar bith cé dar díobh an gríothóir mic a bhí tar éis a chluiche gailf a chur in adharc an chochaill. Chuile smaoineamh ní ba dhiúltaí ná a chéile á smíochadh i dtreo an tí.

Réamonn a shíneadh ar shlatracha a dhroma le neart a chiotóige an chéad bheart a chur sé i gcrích sul má scaoil sé srian lena theanga. "Ní dhéanfaidh tú ceap magaidh dhíomsa os comhair chuile dhuine, a cheoláin!" ráite ina racht feirge aige. Cic maith faoin tóin mar chríoch lena abairt.

D'fhan Réamonn sínte, a dhá lámh in airde agus criothán faitís ina ghlór nuair a scread sé, "Ná maraigh mé, ná maraigh mé!" aríst is aríst eile.

Treampán agus truamhéal a thug an mháthair go himníoch as cúinne eicínt eile den teach. Alltacht ag baint sian scáfar aisti nuair a dhearc sí an chaismirt.

"Lig de do chuid liopaireacht anois agus críochnaigh do chéim!" É ar thob roiseadh fíochmhar eile a thabhairt faoi murach gur theilg sí a colainn mar sciath chosanta eatarthu.

"Níl sé in ann ag an strus faoi láthair de bharr an ghalar dubhach," a d'impigh sí sul má chuir sé de spadhar as a bhealach í. Iad araon ag bladhrúch nuair a chur an fogha ag titim go trom in aghaidh an troscáin í. Truisle a bheadh seachanta dá mbeadh breith ar a aiféala aige. Snugaíl chráite na beirte ag meabhrú thar fóir, ach tréithe barbartha ag cosc na córa.

"Iomarca peataireacht atá ag déanamh sneágaí dhe." Briotaíl ag léiriú a chuid meatachais is é ag teitheadh an doras amach ar thóir fóiriúint i dteach an óil. Ach dhiúltaigh a intinn leanacht dhe. Éagmais Réamoinn ag feannadh a chroí nuair a d'impigh sé "Ná maraigh muid" amach an doras ina dhiaidh. Ba deacair dhó a shamhlú, ar ala mí-ámharach na huaire, gurbh shin iad na focla deiridh a labhródh Réamonn leis. É rite go faiteach in airde an staighre dá dtárlaíodh dhó an baile a shroichint i gcuibheas. Bog agus crua a chuaigh sé i mbun leorghnímh ar feadh na mblianta, ach bhí séala na héagóra tar éis beola Réamoinn a fhágáil chomh fáiscthe le sliogán oistre, go fiú amháin ar lá léanmhar a bháis. Gan a bhean i bhfad imithe ar thóir riachtanais go dtí an baile mór nuair a mhothaigh sé an taom croí ag giorrú a chuid anála. Thug a scread chráite Réamonn go haireach i láthair.

"Dochtúir go beo, a Réamoinn," a d'impigh sé, sul má bhain pian ghártha an chaint dhe. Rinne sé iarracht cabhair a bhrostú le craitheadh díbheo dá chuid géaga. Oiread is casadh ar a sháil ní dhearna Réamonn, ach a shúile dúra doscúcha á tholladh go míthrócaireach nó gur chailc an fhuil ina chuid féitheacha.

Séipéal ná reilig níor thaobhaigh Réamonn, ná lámh níor chraith sé leis na comharsain a bhí ag cásamh na trioblóide leis.

Chun dánaíochta a chuaigh sé maidin lá na sochraide nuair a bhagair a bheirt deirfiúr air an t-ómós a bhí dlite a thabhairt dá n-athair. Iad a fhágáil sa deabhal ansin a rinne sé agus aghaidh a thabhairt go gruamánta ar chiúineas an tsléibhe nó gur roinn sé a bhreithiúnas aithrí le cearnóg chanbháis, gan aird aige ar na corrchoisithe a thug suntas do lorg a láimhe. Cónra chláir a bhí cruthaithe aige agus fear nach raibh neamhchosúil lena athair sínte inti. Dath an bháis air agus péire bunadharc tar éis fás amach as a bhaithis, gníomh a thug lón airneáin do lucht an bhiadáin agus a rinne duine ar leith de Réamonn.

Tuilleadh mistéire a chruthaigh an gníomh neamhghnách breise seo. Creathadh beag colainne ag déanamh cuid suntais dhe i súile an phobail. Goic ghoilliúnach ag cur roic ina éadan agus amharc a shúl dírithe ar ghéire saighid sa treo a raibh an bheirt deirfiúr suite go stáidiúil. Imní ar dhaoine go raibh sé ar thob iad a ropadh le sruth mallachtaí. Ré an achair a bhí ina ghlór nuair a fuair sé an chaint leis.

"Tá mo mháthair sínte sa gcónra seo," ar seisean go ciúin calma. "Thug sí aire na huibhe dhom i gcaitheamh an tsaoil agus thug mise an aire chéanna dise nuair a chlis an tsláinte uirthi." Chuaigh monabhar beag aontais thríd an slua. Ba shin tréith amháin a raibh daoine mórálach as: ómós ariamh anall don té a chur comaoin ar na seanóirí. Bhí an teannas ag trá go follasach as iompar an tsagairt ach phreab sé mar a thiocfadh lúb ina phutóg nuair a scaird Réamonn aghaidh a bhéil i dtreo a bheirt deirfiúr.

"An bhfuil náire ar bith oraibh?" a bhéic sé agus cúr oilbhéis ag cruinneáil i gcorr a bhéil. "Bhris sibh a croí; mise a bhíodh ag iarraidh foighid a chur inti nuair a d'fhágadh sibh ag sileadh na ndeor í."

Bhí creathadh an oilc ag cur binbhe ina ghlór. Bhog an sagart ina threo is a dhá láimh sínte go himpíoch amach roimhe d'fhonn foighid a chur ann.

"Réamonn . . ."

Rinne réabadh staic dhe sul má bhí ionú aige an dara focal a rá.
"Fan glan orm," a d'ordaigh Réamonn, ag brú na cónra roimhe go fíochmhar nó gur chuir sé ar chóir chosanta idir é fhéin agus an balla í. Chuir an t-adhlacóir na cosa faoi go himníoch nuair a thit múr cártaí aifrinn ach chuir agall Réamoinn ar a thóin aríst é.
"Ní bhaineann an scéal seo libh," a bhagair sé. "Sin iad thíos a thaosc a cuid deora." Bhí mórchuid an phobail ar a gcailleadh le alltacht, muiníl ag casadh agus súile fiosracha ag iarraidh an dá thrá a fhreastal. Níor léir tada neamhghnách a bheith ag goilliúint ar an mbeirt deirfiúr, gan aithne nach ag féachaint ar scannán a bhí siad. Seanchleachtadh a bheith ag déileáil go laethúil leis an teannas a chruthaíodh a slí bheatha, ag treorú dhóibh dalladh scóid a scaoileadh le Réamonn nó go n-imíodh an ghaoth as a chuid seolta. Eisean chomh docht daingean céanna ag éileamh na córach de réir mar ab fhacthas dhósan é.
"Níl corp mo mháthar ag fágáil barr na háite nó go ngabhfaidh sibh bhur leithscéal léi. Níl maith ar bith a bheith ag craitheadh lámh go plámásach, is ag rá síocháin leat nuair atá an nimh ag fíniú sa bhfuil. Aníos libh anseo go ndéanfaidh sibh bhur síocháin léi."
Bhí treoir dá lámh curtha de neart le brí na bhfocal aige ach gan dubh na fríde de ghéilleadh sa dearcadh dúnárasach a bhí an bheirt a thabhairt ar ais air. Ionga ná orlach níor staon Réamonn óna éileamh. A ghlór ag dul chun séimhe ach díograis á ghríosadh chun a bheart a chur i gcrích.
"Dá gcaithfinn lá is bliain a chaitheamh anseo níl corp mo mháthar ag dul i dtalamh nó go bhfuil síocháin déanta léi. Síocháin an t-aon achainí a bhí aici ar leaba a báis agus tá a fhios agamsa i gceartlár mo chroí go bhfuil an méid sin ómóis dlite di."
Níor léir go raibh an léigear ag baint feanc as an mbeirt. Ceanndánaíocht a thug siad ó dhúchas á gcoinneáil staidéarach mar a bheidís ag tnúth le ionú ón gcith focal.
Dhearg taom feirge aghaidh Réamoinn an athuair.
"Ghlac sibh páirt an bhrúta a bhí á ciapadh, á bualadh go

brúidiúil lena dhornaí nuair a bhíodh a dhóthain ólta aige!" a scread sé. Abairt a bhioraigh cluasa. Spallaí a bhí róghar don chnámh tar éis an bheirt deirfiúr a bhogadh dá n-ancaire. Sméideadh fánach súl á mbrostú go stáidiúil i dtreo na haltóra. Réamonn ag neartú chun díocais ó fuair sé bainte iad.

"An raibh a fhios ag an mbeirt agaibhse go mb'éigin di rith lena hanam i gceartlár na hoíche go minic nuair a bhíodh sé as a chiall le oilbhéas? Amuigh cois an chlaí a chaithfeadh sí codladh murach tusa, a Athair, a thug dídean di. Nach shin í an fhírinne? Níor cheil sí tada ormsa."

Ba luath le fiosracht an phobail a bhain na deirfiúracha an chaint dhe. Barróga muirnis á thabhairt chun suaimhnis. Gan aithne ar a gcód iompair nárbh eisean a bhí siad ag iarraidh a shábháil ón bhfírinne. Fios maith ag mórchuid de shúile saol oilte an phobail gur bladar bréige a bhí sa gcogarnaíl a mheall ar ais go dtí na suíocháin é.

Ciúineas mínádúrtha a lean an tuairt uafáis, na líomhaintí tar éis an mothú a bhaint as gníomhartha an tsagairt. Gan aige ach ag brath go hiomlán ar a chumas aisteoireachta nuair a bhrúigh sé an chónra ar ais go dtí lár an ardáin. Eisean freisin ag tnúthán le faoiseamh faoi chlár nuair a mhothaigh sé an lucht féachana ag scrúdú a choinsiasa.

Ribín Réidh

"Cé atá ansin?" a d'fhiafraigh Cóil go bagrach, d'fhonn scáth a chur ar an té a bhí ag guairdeall taobh amuigh. Oiread meabhrach bainte as torann na gcos ar ghairbhéal na sráide aige is gurbh eol dhó déchosach ag smúrthacht faoi scáth an dorchadais. Uirthise a smaoinigh sé ar an toirt, agus drioganna imní ag crinneadh fad ascartha a dhroma.

Gan inti ach an dá eite. Í chomh beo bíogúil le beainín uasal agus chomh tláthghlórach is go mbíodh an láíocht ag silt as a béal, nó gur seasadh ar chois uirthi is gur las ruibh oilbhéis loinnir gheal i ngoirme a cuid súile.

Níor shamhlaigh sé go bhféadfadh focla chomh dalba a theacht as béilín chomh milis. Í chomh nimheanta le easóg bhaineann. A sruth mallachtaí chomh léanmhar is gur chraith sé an t-uisce coisreacain tar éis filleadh abhaile. É cloiste ariamh aige gur ar uair na hachainí a d'fhéadfadh eascaine titim.

"Cé atá ansin, a deirim?"

"Mise, a Chóil."

Dhá fhocal a thug ré an achair dhó. Teannas ag traoitheadh as a chrioslach is é ag baint gíoscán as daingean na mboltaí nó gur sceith scaird solais amach thar leic an dorais.

"Gabh isteach, a Tom."

"Bhí mé ag iarraidh an ghail seo a shloigeadh ar dtús."

"Gabh isteach is caith do ghail cois na tine."

Níorbh é deatach an tobac an abhlann ab ansa le Cóil ach nár mhian leis an doras a fhágáil béal in airde fad is a bheadh a chomrádaí ag diúl a chinn de nicitín.

Níor le Tom ab fhaillí é, an mhífhoighid a ghoin a aire á chur ag múchadh an deargtha le pont a mhéire agus é ag cur "Dia sa teach seo" de bheannacht isteach roimhe. Thug sé súil fhiosrach thar a ghualainn nuair nach bhfuair sé de fhreagra ach glais agus boltaí á bhfáisceadh. Neamhghnás a chothaigh comhartha ceiste i roic a éadain de réir mar a bhí sé ag sacadh an nuta smutaithe de thoitín síos ina phóca uachtair. Ba léir go raibh Cóil as cor. Fear faiteach ó nádúr, fear a chreid gurbh fhearr súil amháin chun cinn ná dhá shúil i do dhiaidh. Croimeasc na cúthalachta á choisceadh ó shólás na cúplála i gcaitheamh a shaoil. Críonnacht nó beagán aistíola ag cur fainic air staonadh ó aon fharasbarr nua-aoiseach ar fhaitíos na bhfaitíos. B'iondúil leis a bheith glanbhearrtha agus i bhfeisteas te teolaí, cé gur léir do chách ach dhó fhéin go raibh sé as faisiún agus seanaimseartha.

Fear meabhrach a raibh oiread oideachais súite as a thréimhse bunscolaíochta agus as síorléamh nuachtán aige is a thabharfadh stádas onórach do phlúr na mac léinn.

Cuimhne chéatach mar bhua ón mbroinn aige. Ginealach seacht sinsir na seacht bparóistí ar bharr a ghoib amhail is dá mba ríomhaire a bheadh á thaoscadh as cúl a intinne. Gan bó dár doireadh ná lao dár coilleadh le dhá fhichead bliain nach raibh sé ábalta a thabhairt chun cruinnis ar an bpointe boise. Cúpla siolla deisbhéalach a bhíodh chomh barrúil is go mbainfeadh sé scairt astu araon a bhíodh mar fháilte roimh Tom na corr-oíche a dtagadh sé ag airneán. Thrust siad fhéin a chéile le lán béil a bhaint go neamhurchóideach as comharsain. Beadaíocht faoi leith á gcur ag cogarnaíl nuair a thosaídís ag aithris an bhairr ba deireanaí biadáin i dtaobh cúplaí a théadh i mbradaíl. Iad araon chomh rúnda á n-aithris is go mbíodh na seacht bhfainic curtha mar bhreithiúnas aithrí ar a chéile acu.

Ba é Tom máthair ghoir na scéalta. Glaineacht an bhaile bhig de chúram ag an gcomhairle condae air. Tuairisc na n-eachtraí cois cuntair chomh fairsing leis an gcosamar bruscair a bhíodh le bailiú ar fud na sráide chuile mhaidin. Bís ar chúpla leadaí cois coirnéil gurbh é a mbuac a bheith ag cur cos go háibhéileach faoi scéalta.

Bhíodh páipéir nuachta de bhrabach ar Tom de bharr an lae, cóip réamhléite a bhíodh ag caitheamh na haimsire don saoiste.

"Tá do pháipéar anseo, a Chóil."

Deamhan aird ach amharc a shúl ar seachrán mar a bheadh a intinn ag ruatharach i bhfad ó bhaile.

"Meas tú nach bhfuil sí socraithe, a Chóil?"

"Hea? Cé hí?"

"An aimsir. Ní raibh aon chailleadh ar an lá."

"Bhí sé chuile rud ach go maith."

Ní raibh aon ghangaid san aisfhreagra. Truamhéal ina ghlór, rud a bhí aduain agus aisteach ó fhear a bhí chomh tréan toirtiúil, trí horlaí le cois na sé troithe agus cnámhach téagartha dá réir.

"Shílfeá go bhfuil tú as compás beagán?"

"Is beag an dochar dhom, a Tom."

"Ní tinn atá tú ná tada?"

Ruathar a thabhairt faoin gcliabh a raibh cruit mhóna cois an teallaigh air a rinne sé.

"Mallacht Dé thíos air mar theach," ráite go coilgneach aige de réir mar a thóg sé an ghabháil mhóna, agus "Faraor má lig mé ariamh é," ráite go dólásach nuair a bhain sé aithinneacha as gríosach oscailte na tine.

B'as Tom a bhain an dá abairt toraic, míchompóirt na himní á chur ag athrú cos ar fhaitíos gurbh í lorg a chuid cainte ba chiontsiocair leis an daol a bhí ag spochadh as Cóil. Dó agus dó tar éis dhá thrian den scéal a shoiléiriú i gcúl a intinne ach drogall air ceist na fuascailte a chur, cé gur mhothaigh sé an tost ag ramhrú an teannais.

D'iompaigh púir dheataigh deiseal agus tuaifeal go támáilte mar a bheadh goile an tseansimléir chaolaigh ag diúltú é a shloigeadh. Puth i ndiaidh putha ag sníomh in airde go dtí caolach an tí, a bhí dubh as éadan de bharr deatach na gcéadta bliain. Go tromthónach, lig Cóil a mheáchan anuas ar an *hob*. An caipín speiceach strachlaithe dá cheann aige d'fhonn an deatach a ruaigeadh suas an simléar.

"Gaoth anoir atá á dhéanamh, a Chóil, tá mo shimléarsa é fhéin ag caitheamh anuas le cúpla lá."

"Tá tolgadh duine is beithíoch sa ngaoth anoir chéanna," ráite chomh coilgneach is gur mhothaigh Tom tagairt neamhdhíreach a bheith déanta don bhean as lár tíre a bhí ag dul idir Cóil agus codladh na hoíche.

B'iomaí racht breá croíúil a bhain a cuid simplíochta astu i gcaitheamh na mblianta. An anáil ag imeacht ó Chóil ag aithris ar a cuid geáitsí nuair a chuirfeadh rud chomh fánach le frog ag sianaíl go ríméadach í. Éanlaith an aeir ag déanamh tearmann fial flaithiúil de chúl an tí de bharr na málaí beaga beatha a bhíodh crochta go fairsing as géagáin aici.

"Mhairfeadh sí ag caint ar an dúlra, pé ar bith céard é fhéin, ach níl anachain ar bith inti," a deireadh Cóil.

"Is é Dia a chas i do bhealach í. Deir siad gur deacair tionónta atá le trust a fháil ar na saolta seo," a deireadh Tom.

"Tá sí chomh cneasta leis an sagart. Deabhal Aoine nach mbíonn an cíos thíos i gclúdach litreach aici. Tá. Tá sí an-ghnaíúil."

"Is fearr dhuit í ná cúpla a mbeadh ál gasúir acu. Réabfaidís do theach as a chéile."

"Bím buíoch dhíotsa a chas i mo bhealach í."

Chomh minic is a bhí méar air bhíodh a bhuíochas curtha in iúl ag Cóil i gcaitheamh na mblianta. Dá mbeadh breith ar a aiféala ag Tom ar ala na huaire, ní bheadh a leath oiread fad ar a theanga ag aimsiú tionónta dá chomrádaí.

Tost a bhí á bheophianadh ag meabhrú dhó gur ina dhiaidh a fheictear a leas don Éireannach. An tráthnóna a raibh díocas air ag deifriú abhaile leis an dea-scéala dhá bhliain déag roimhe sin ag rith thrína intinn. Ba é an saoiste a fuair a bonn. "Susie," a deir sé i bpreabadh na súl. "Rúnaí an innealtóra condae. Tá sí seasta ag tuineadh liom teachín a aimsiú di i ngar don chladach."

"Ní fhéadfadh sé a bheith níos gaire," a deir Cóil, ag bualadh bos go ríméadach. "Ní raibh mé ag codladh néal ó oíche go maidin ag éisteacht le glafaireacht na farraige sin. Níl aon luí fanta agam leis ó cailleadh mo mháthair thíos ann, go ndéana Dia trócaire uirthi."

Ríméad as cuimse a bhí ar Chóil ag filleadh ar nádúr agus ar chúlráid an tseantí. Bhí a sheacht n-oiread sceitimíní ag cur gliondar croí ar Susie ó thosaigh sí ag cur rútaí i dtalamh cois cladaigh. Cosán dearg buailte siar is aniar le cladach aici. Aer úr na teiscinne móire ag cur deirge an fhollántais mar luisne ina grua. Bleid buailte go suáilceach ar chomharsain nó gur chuir sí seanainmneacha gach carraige is crompáin de ghlanmheabhair. Le Cóil a théadh sí i gcomhairle maidir le brí na bhfocal. É chomh bródúil le hollamh nuair a fuair sí caidéis dá éirim aigne agus dá stóras béaloidis.

Bhíodh bís air ag aithris lorg a béil do Tom. "Is mór idir í agus gibstirí a bhíos ag straoisíl go frithmhagúil nuair a mheabhraím dhóibh cé dar díobh iad."

"Coinnigh leat Susie, sin í mo chomhairle-sa dhuit."

"Barr méire ní leagfaidh sí ar thada gan mé é a cheadú. An bhfuil cead agam ceapóg bláthanna a chur anseo? An bhfuil cead agam cúpla iomaire fataí a chur ansiúd?"

"Oibrigh leat," a deireadh Cóil agus a cumas ag dul ó mheabhair

air nuair a strachail sí copóga is driseacha as a rútaí nó go ndearna sí gairdín Pharthais den ruaiteach raithní.

Déanfaidh sibh bun faoina bheith slán, a smaoinigh Tom ina intinn fhéin nuair a bhíodh lán cairrín asail d'fheamainn nó maológ mhaith móna fágtha go féirínteach ag Cóil nuair a thagadh sí abhaile ón obair. An saoiste a bhí taobh le aithne súl ar Chóil tar éis labhairt go mion minic ar na goití rómánsúla a bhí in ainseal ar Susie.

"Cuingir a dheireadh faoina bheith slán," a deireadh sé.

"Ba mhaith ina chéile iad dá dtugadh Dia dhóibh," a d'fhreagair Tom.

"Níl aon easpa ar cheachtar acu thar an easpa is dual don aonarán nuair a theannas siad amach sna blianta."

A dhá láimh a ardú go cosantach mar chosc ar chleamhnas a rinne Cóil na cúpla babhta a raibh Tom ag tuineadh leis.

"Ha ha, a dheabhail, a dheabhail. I bhfad uainn an anachain. Tá sí ceart go leor ach í a choinneáil fad do láimhe uait. Níl strainséirí le trust."

"Ní strainséara í anois, a Chóil. Nach bhfuil blianta caite le cladach aici?"

"Stop, stop, níor mhaith liom drannadh léi. Stop, stop, maith an fear."

Agus stop. Níorbh é Cóil an ribín réidh le dhul ag sáraíocht air: é chomh dóigh dhó cruachan ar nós cnap seaca nó go maolódh cascairt an taighd.

Bhíog lasair bhog bhuí i gcroí na tine ag tabhairt ré an achair don bheirt ón bputhaíl deataigh.

"Faraor géar dearcach nach le duine de na heachtrannaigh sin a lig mé ó thus é. Ní bheadh a leathoiread dindiúirí ag baint leo," a deir Cóil go diomúch mar a bheadh an lasóg tar éis é a mhaíomh chun cainte an athuair.

"Le bean an chladaigh atá tú in árach, chuirfinn geall?"

"Thug sí mo dhúshlán, a Tom."

"Óra, shíl mé nach raibh cnámh choilgneach ag gabháil léi."

"Seas ar chois uirthi go bhfeice tú. Ag iarraidh an teach a cheannacht uaim a bhí sí."

"É a cheannacht thar barr amach?"

"Deabhal arbh fhearr liom rud dá ndéanfadh sí, agus tá a fhios ag Dia nach mbeinn basctha léi dá ndéileáilfeadh sí go breá gnaíúil liom."

"By dad, shíl mise go mba leat ar fad í."

"Ar ndóigh ba ea, ach go raibh imní orm go raibh sí ag suí isteach fúm. Deir siad go bhfuil a leithéidí sin in ann seilbh a ghlacadh ar do theach má tá siad ar cíos ar feadh dhá bhliain déag as a chéile acu."

"Níl ansin ach caint, a Chóil."

"M'anam nach raibh mé ag dul ag tógáil aon seans, nach bhfuil an dlí le trust. Caithfidh tú a dhul amach ar feadh scaithimh, a deirimse. A mhic mo chroí, tháinig cnead ina glór. Tá mé sásta cíos níos airde a íoc, a deir sí, más shin é atá uait. Seilbh atá uaim ar feadh míosa, a deirimse. Beidh cead ar ais arís agat agus fáilte. D'aithin mé go raibh an múisiam ag baint na cainte di. Rud é seo a chaithfeas mé a dhéanamh i ngeall ar phointí dlí, a deirimse. An mbeifeá sásta an teach a dhíol liom, a deir sí. Deabhal ar mhiste liom, a deirimse. Cén ghraithe a bhí agam dhe, a Tom, gan sac, mac ná muirín? Seo é mo dhóthain-sa de theach an fhad is a mhairfeas mé."

"By dad, tá ciall i do chuid cainte."

"Á, a dheartháir, bhí sí ag éirí ó thalamh le teann ríméid. Beidh cara liom in ann é a luacháil má tá tú sásta, ar sise. Oibrigh ort nó go bhfeice muid linn, a deirimse."

"Ná habair gur ag iarraidh é a mhealladh uait ar bheagán a bhí sí?"

"Foighid ort anois is inseoidh mise dhuit é. Tráthnóna aréir a shéid sí an buinneán amuigh ansin ar an tsráid, agus séacla beag eile a raibh gob uirthi in éineacht léi. Chuir mé orm bróga an Domhnaigh agus síos liom in éineacht leo. Beidh mé ceart leat má bhíonn tusa ceart liom, a deirimse. Ar ndóigh, a dheartháir mo chroí thú, níor lig an eireog bheag eile focal as a béal. Siúlfaidh muid ó sheomra go seomra é, a deir sí, ag baint torainn as an urlár le dhá sháil a bhí chomh biorach le tairní crú capaill. Caithfear é seo a chaitheamh amach, a deir sí go friochanta, ag baint craitheadh go drochmheasúil as doirse na bpriosanna. Níor fhreagair mé chor ar bith, ar fhaitíos go ndéarfainn iomarca. Caithfear urláir adhmaid a chur os cionn na n-urlár suiminte, a deir sí, sách nimheanta. Ó, mar a cheapas tú, a deirimse. Bhí teannadh léi ag dul ó sheomra go seomra. Amach, a deir sí leis an bpíosa breá *linoleum* a cheannaigh mé ón tincéara. Tuigim thú, a deirimse. Caithfear an *bath* is an *toilet* is a bhfuil ann a chaitheamh amach agus ceann faisiúnta a chur isteach ina n-áit; tá dath rua ag an uisce orthu. Á muise, a dheabhail, bhí mé ag at ach gur cheil mé é. Mar a thograíos tú fhéin, a deirimse. Amach, amach, amach! Chuile rud: an drisiúr, na leapacha, an bord, na cathaoireacha. Caithfear é seo a stróiceadh as a chéile mar is *chipboard* atá ann, a deir an sclíteach leis an *sink* sa gcúlchistin. Mar a thograíos tú, a deirimse, ag scaoileadh na beirte amach tharam an doras cúil. *Tarmacadam*, a d'fhógair sí mar a bheadh stoirm ag bailiú nirt, ach ní bhfuair sí seans an abairt a chríochnú. Bígíse amuigh anois is fanaigí amuigh, a deirimse ag casadh na heochrach sa nglas. Níor fhág mé fliotar dá cuid éadaigh nár chaith mé amach thríd an bhfuinneog aici. Á, a dheartháir, ba shin í fhéin an maistín a raibh an drochbhéal uirthi, a Tom; níor fhág sí mallacht thoir ná thiar nár chuir sí i mo dhiaidh."

"Ach, ar ndóigh, chuaigh tú rófhada leis an scéal, a Chóil."

"Ar ndóigh, cár fhág tú an taghd? Dá mbeadh breith ar m'aiféala agam, ach ar ndóigh sin é scéal mo shaoil. Ní raibh mealladh na mban de bhrabach ar mo chuid cainte aon lá ariamh."

Am Mharfach na hOíche

Tá sé ar shlí na fírinne anois, is mise ar shlí na bréige. Peaits a Conaola, fear nach raibh a fhios aige leis an bhfírinne a chur as a riocht.

"Deabhal smid bhréige atá mé a rá leat," a deir sé liomsa nuair a thosaigh mé ag sciotaraíl gháirí.

"Seafóid, a Pheaits," a deirimse, "níl a leithéid de rud ann agus taibhse."

"Ó, dar lomlán an leabhair gur cuireadh scéin an bhainbh dhóite ionamsa thall i mBoston Mheiriceá."

"Á fheiceáil dhuit a bhí sé, a Pheaits, do dhóthain a bheith ólta agat –"

"Ní raibh, ná snig i mo bholg, ach go mbíodh sé ráite ag an tráth sin den tsaol nár cheart a bheith ar bóthar in am mharfach na hoíche. Leis na mairbh an oíche, a deiridís."

"Idir shúgradh is dáiríre, cén sórt toraic a baineadh asat?" a deirimse.

"Inseoidh mé anois dhuit é: mé a bheith ag siúl abhaile

fíordhomhain san oíche tar éis cóisir Oíche Fhéile tSin Seáin. Mac an éin bheo ní raibh le feiceáil ar shráideanna Bhoston ag an tráth sin, ach deabhal ar chuir mé thairis sin de shuim ann, mar nach raibh imní ná deifir orm ach oiread le chéile. Sé an chéad rud eile a chonaic mé agam anuas an tsráid slua daoine agus ceathrar amach rompu ag iompar corp ar a nguaillí.

"Coisreacan Chríost orainn, a deirimse i m'intinn fhéin, ag doirteadh isteach i leataobh nó go scaoilfinn tharam iad. Meas tú, i bhfad uainn an anachain is an urchóid, cén mór-anó a chuir chun bóthair iad seo an tráth seo de mhaidin?

"Isteach i sáinn ar chúl piléir a bhí ar ghiall dorais a chúlaigh mé sa gcaoi nach bhfeicfidís beag ná mór mé. Bhí mé á ndearcadh ag dul tharam, is má bhí fhéin, mheas mé go raibh rud eicínt neamhshaolta ag cur a n-éadan ó aithne. Ó, a dheartháir mo chroí thú, b'asamsa a baineadh an stangadh nuair a stop siad. Shiúil beirt acu trasna an bhóthair agus níor bhaineadar méar dá srón nó gur sheasadar chaon taobh dhíom. Níl mé ag séanadh nach raibh beagán scátha agam rompu, ach maidir le faitíos ní raibh sé orm, mar nach iondúil leis an mianach s'againne aon fhaitíos a iompar.

"'Is fearr dhuit cúnamh a thabhairt dhúinn chun an corp seo a thabhairt go dtí an reilig,' arsa duine acu liom.

"'Tá achar fada le dhul againn agus theastódh fear maith láidir uainn,' a deir an fear eile.

"'Muise ní maith liom sibh a eiteachtáil,' a deirimse, 'ach má tá sibh ag dul píosa ó bhaile tiocfaidh sibh libh fhéin ann, mar m'anam gur beag eolas atá agamsa ar bhólaí na tíre seo.'

"'Níl aon chall imní dhuit,' a deir fear acu. 'Fágfar ar ais go slán sábháilte sa spota seo aríst thú.'

"'Ní bheidh aon aiféala le do shaol ort má thugann tú cúnamh dhúinne anocht,' a deir an fear eile.

"'Bhuel, más shin é an chaoi é, ní eiteoidh mé sibh,' a deirimse, 'níl aon lá ariamh nár chuir muid na mairbh go gnaíúil.'

"D'fháisc mé isteach faoin gcónra in éineacht leo agus bhuail muid bóthar le chéile. Oiread agus focal amháin níor tháinig as a mbéal i gcaitheamh an bhealaigh agus ní hé amháin sin ach ní raibh tarraingt a n-anála fhéin le cloisteáil sa gciúineas.

"Adhmad crua darach a bhí sa gcónra agus thosaigh a coirnéal ag gearradh isteach i mo ghualainn tar éis scaithimh, mé ag tnúthán go ligfidís scíth, ach má bhí an meáchan ag goilliúint ar an gcuid eile acu ní raibh sé le tabhairt faoi deara. Deabhal scíth ná uainíocht ach ag siúl is ag síorshiúl nó gur mheas mé go raibh muid tar éis siúl go dtí an taobh eile den domhan. Faoi dheireadh thiar thall tháinig muid chomh fada le reilig. Isteach linn thrí gheata trom meirgeach nó gur leag muid an chónra ar an bhféar glas. Thosaíodar ag baint na huaighe agus, ar ndóigh, an rud a chleacht duine, rinne mé mo chion. Ní raibh sí deacair le baint, cé is moite den scraith, mar ba gaineamh trá a bhí go híochtar sa gcuid eile dhi. Torann maidhmeanna a bhí ag briseadh ó dheas dhíom ar an gcladach. Mo choinsias is dar m'anam, a deirimse liom fhéin, tá mé go mór as meabhair nó aithním tormán an chladaigh seo.

"Leagadh síos an corp ar aon chaoi, is chuaigh ceathrar eile á clúdach. Bhí mé ag tabhairt súil tharam ar chroiseanna, ach de bharr go raibh an oíche chomh dubh leis an bpúca, oiread is ainm amháin ní fhéadfainn a dhéanamh amach. Bhéarfainn an leabhar, mar sin fhéin, go raibh nádúr eicínt agam leis an áit. D'airínn driog ag dul thrí chnámh mo dhroma chuile uair dá mbrisfeadh maidhm ó dheas dhíom. Níor ghoin m'aire amach is amach mé nó gur lig mé mo ghualainn isteach in aghaidh crois mar thaca. Crois adhmaid a bhí inti. Meas tú, a deirimse, arbh í an mheabhair atá ag séitéireacht ar m'intinn, is mé cinnte dearfa nárbh é an chéad uair agam é i ngaobhar na croise sin. Ní thabharfainn de shásamh dhom fhéin go gcreidfinn sa tsamhlaíocht ach chinn orm mé fhéin a bhac mar sin fhéin. Tharraing mé aníos mo scian phóca agus bháigh mé an lann go feirc i gcroí an adhmaid.

"Ba shin é an nóiméad céanna ar leag duine de lucht na sochraide lámh ar mo ghualainn.

"'Tá sé in am baile, a mhic,' a deir sé, 'sul má bhreacfas an lá.'

"Thug muid an bóthar aríst orainn fhéin agus más sliabh gortach nó tromchodladh a bhuail mé oíche ná lá, níor mhothaigh mo cheithre cnámh nó gur dhúisigh mé go te teolaí i mo leaba fhéin ar maidin.

"Chaith mé an t-eachtra as mo cheann ansin ach thrína raibh de bhrionglóidí ariamh agam choinnigh an ceann áirid sin ag seadú m'intinne.

"Deir siad gur maith an scéalaí an aimsir, is bhí mé á ligean i ndearmad tar éis cúpla mí nó go dtáinig litir as Éirinn ó mo mháthair. Scéal chailleach an uafáis aici. 'Thíos ag glanadh uaigh na muintire i reilig Mhaorais a bhí mé,' ráite sa litir aici, 'is céard a chasfaí liom ach an scian phóca a bhíodh agat sul má chuaigh tú go Meiriceá. Báite i gcrois na gCualáin a fuair mé í. Níl a fhios agam an raibh a fhios agat gur bádh Peaidí a mbíteá ag iascach sa gcurach in éineacht leis. Oíche Fhéile tSin Seáin a bádh an duine bocht. Níor frítheadh a chorp chor ar bith . . .'"

Dubh

Seile a chur ag fiuchadh i ngríosach dhearg na tine d'urchar béil a rinne Pádraic agus é ag tógáil a aghaidhe go míchéatach dá chomrádaí. Lean amharc Mharcais de go fiosrach ar fhaitíos gurbh é an cuntas a bhí sé tar éis a aithris as an bpáipéar nuachta a chuir múisiam air.

"Scéal a tharraingíos scéal anois," ráite aige, ag slíocadh a shróine idir a chorrmhéar agus pont a ordóige amhail is dá mba anuas as a pholláirí a bhí rún aige súlach a chuid cainte a bhleán. Rinne sé stad ansin, gan gíog ná míog as, mar a bheadh sé idir dhá chomhairle i dtaobh a bheartais.

Dhún Marcas bileoga an pháipéir ar a chéile go maolchluasach. É á chiapadh ag iarraidh adhmad a bhaint as an athrú suntasach seo a bhí ag dul ó mheabhair air.

Gealgháireach ab iondúla le dreach Phádraic a bheith nuair a thagadh Marcas ag aithris biadán as na nuachtáin dhó, gan léamh ná scríobh de bhuntáiste aige fhéin ach nár bheo é gan páipéar nuachta a cheannacht nuair a théadh sé ar mhuin *bicycle* don tsráidbhaile ag bailiú an tseanphinsin chuile dheireadh seachtaine.

"Cén scéal é seo, a Phádraic?" arsa Marcas nuair a mhothaigh sé dubh na fríde bundúnachta ina chuid iompair. D'aithin sé nach raibh aon mhórghangaid ina leith fhéin sa spléachadh neamhchinnte súl a thug Pádraic ar ais air, rud a thug beagán ré an achair dhó.

Gan tada as bealach déanta ag Marcas thar a bhreithiúnas a thabhairt go friochanta ar chás máthar a phlúch an t-anam as naíonán neamhdhlisteanach a bhí sí tar éis a bhreith, gan an oiread de nádúr máthar ná de scrupall daonna inti is a choiscfeadh an taghd nó gur chaith sí corp a linbh i bhfarraige le súil is go n-alpfadh freangaigh agus fíogaigh a cuid cionta. Ach bhí sé d'uaisleacht sa bhfarraige cróchar a dhéanamh den snáth mara agus corp neamhurchóideach a thórramh sa mbarr láin nó gur tharraing na faoileáin aird an dlí.

Míshuaimhneas a chuir faoi ndeara do Mharcas tosaí ag méirínteacht le bileoga an pháipéir an athuair.

Gráin a chuir an scéin a bhí ina dhá súil ag dearcadh amach as lár leathanaigh air. Leathanach a bhí draoibeáilte ó bhun go barr ag mínáire a cuid eachtraí. É ábalta fuar nimhe a cuid fola a mhothú tríd an streill bhréagdheorach a raibh "*NEAMHCHIONTACH*" priondáilte go mínáireach faoina bhun. Ní bheadh seisean chomh dea-chroíoch leis an ngiúiré nár leor dhóibh an fhianaise lena ciontú.

Ba é dreach doscúch a charad a bhí ag cosc a bharúla.

Chuir Pádraic glanadh píobáin de mhoill air fhéin sul má tháinig an chaint leis an athuair. "Tharla a mhacasamhail de scéal ar an tsráid sin amuigh."

Thairis sin de agus níor chuir sé sa scéal ach scíth a thabhairt dá theanga a fhad is a bhí Marcas ag baint adhmaid as an siota. Buille de cheapord ní bhainfeadh oiread toraic as.

Amharc Mharcais ag leathnú de réir mar a thosaigh a mhuintir fhéin ag malartú brocach lár leathanaigh le máthair an linbh. Fios aige gurbh iad a sheacht sinsir an t-aon chomhluadar a bhí i seilbh na sráide amuigh nó gur chuir siad teach nua cois bhóthar an rí de ghustal orthu fhéin.

Go pianmhar a shuc Marcas ar ais a chuid adharca agus go fáilí a d'fhiafraigh sé de Phádraic cur lena scéal.

"An chuid eile díot fhéin a tháinig abhaile torrach as Meiriceá, pé ar bith cén mac mallacht a bhí uirthi nár scaoil uaithi thall é san áit ar tholg sí a toirt. Ach céard ab áil dhom a rá: ar ndóigh, bhí oiread scéin sa díthriúch tar éis an bóthar amach a fháil ón mbean a raibh sí ag obair di is nár smaoinigh sí ar thada ach filleadh ar a nádúr." Ba léir dhó go raibh an chaint bainte de Mharcas nuair a chuir sé cúpla siolla eile mar bhoige lena ráiteas.

Bhí sí ar bheagán urchóide, an créatúr; bhailigh sí léi go Meiriceá aríst is cos níor leag sí ar thalamh na hÉireann ní ba mhó."

"Céard a tharla don pháiste?" a deir Marcas go cráite.

"Ar ndóigh, sin í an cheist. Marbh ag teacht ar an saol, a dúradh. Ba í Caitlín a chroch léi é i lár na hoíche nó gur fhódaigh sí air as an mbealach in áit eicínt."

"Ach an gceapann tú gur mharaigh sí an naíonán?"

"Tús na breithe ag Dia. Bíonn seacht leagan ag an mbiadán ar chuile scéal. B'fhéidir go raibh sí chomh glan ar an aimhreas leis an bPápa air, ach ba é an gnás ag an tráth sin é naíonán ar bith a mbíodh aon mharach le n-aithneachtáil orthu a phlúchadh chomh luath is a thagaidís ar an saol."

"Is an raibh marach air?"

"Ba é a dhóthain de mharach a bheith neamhdhlisteanach ag an tráth sin, ach, barr ar an deabhal, ba dubh a bhí sé freisin."

"Dubh?"

"Ba í súil na gcomharsan a thugadh breith agus breithiúnas. Ní ligfeadh an náire d'aon duine sa teach a gcloigeann a chur taobh amuigh de thairseach go brách aríst mura mbuailfí cos air."

B'fhearr le Marcas dá sloigfeadh an talamh é. Lagar spioraid ag ídiú na meanmaí misnigh. Cás agus náire ag déanamh beag is fiú den mhór le rá. Eisean, a mbíodh fad ar a theanga, curtha i gclúid ag siota de pheaca an tsinsir.

Bhí goradh na tine ag tabhairt bruth allais amach thrína bhaithis nuair a chocáil Pádraic an ghríosach amhail is dá mba ag fadú faoi tuilleadh a bhí sé. Gan focal anois as ach ag cochailleacht an teannais as a phíobán.

An ríomhaire ba chumhachtaí dár dearnadh ariamh ní choinneodh coinneal don luas lasrach a bhí faoi intinn Mharcais ag tabhairt fad a shaoil chun cuimhne.

Caitlín, a bhí mar athair aige ó scuab an bás a Dheaide go hóg, ag athrú dreach i súil a intinne.

Mianach crua na Márta, ar gineadh máistreacht ina mianta, thar an réchúis a thug a mháthair mar oidhreacht ó chine an chloiginn aníos. Mian a chroí ag meabhrú dhó gurbh í a mháthair a d'oil iad cé nach raibh dabht ar bith nárbh í Caitlín a thóg iad. Miotal i ngach féith dá crúba caola crua ag fódú is ag fuirseadh nó gur bhain sí dícheall a gcodach le láimh láidir as dúrabhán tanaí na ngarbhchríoch. Caitlín, a bhí chomh seanóra is go raibh scéin an Ghorta Mhóir á síorsmíochadh chun díocais. B'aicise a bhí ceannas ceann ar leic an teallaigh.

Gan oíche sa mbliain nach mbíodh siad ag fulaingt glúine gearbógacha ar an urlár rocach suiminte nó go gcuirfeadh sí streoille liodán mar chlocha ceathrún ar na chúig rúndiamhair.

Faoistin na míosa curtha de gheis orthu agus í féin ina ceann feadhna le dea-shampla na haithrí.

Ach meas tú ar chuir sí bás an linbh faoi bhrí na guibhe i gcluais sagairt, nó arbh fhéidir coir chomh dalba a chur ar neamhní le breithiúnas aithrí? Níor dhóigh sin di ná a rún daingean a cheilt, ag tnúth le trócaire sa rith fada ó chluais neamhshaolta ag geata Pheadair.

Chreath Marcas i bhfianaise a chuid samhlaíochta, déistean ag goineadh a aire in aghaidh breith éagórach.

Fonn air cíor a dhéanamh dá theanga, ar thóir sneá ar bith bréige a bheadh ag cur tochas i gcoinsias Phádraic. Aisteach nár luaigh sí ariamh leis é, a liachtaí scéal is scuan a nocht a hintinn aibí dhó ó tháinig sé in inmhe.

Craobha ginealach na seacht sinsir ar bharr a goib aici agus bís uirthi á n-aithris.

Ba é comhrá tús earraigh gach bliain é ón am a raibh sé de spreacadh ann leathbhord a chasadh ar a haghaidh. Roilleadh uirthi ag athaithris an liodáin chéanna gaolta mar a bheadh sí á neadú go brách ina chuimhne. Gan sa mbéaloideas ach caitheamh aimsire i gcomórtas lena barainn ag baint toradh as chuile áit a bhfuair sí sá láí. Tuairín an Chosáin, chomh cinnte is a bhí Dia sna flaithis. Bhí an smaoineamh ag rith thrí intinn Mharcais tar éis fuascailt a thabhairt ar cheist nár fhreagair Caitlín go sásúil ariamh.

Faoi bhun an chlaí teorann ar an taobh ó dheas de chlais an tsrutha. Cúl gaoithe agus aghaidh gréine á dhéanamh chomh lonrach le gairdín Pharthais. An t-aon phlásóg mhín réidh a bhí ag gabháil leis an ngarraí. Gan gair ag dris ná ag copóg a gceann a chur thrí thalamh nach mbíodh an mullach sciobtha dhíobh leis an gcorrán aici.

I lár abairte a chuir sí scread aisti, nuair a thug sí faoi deara ag síneadh an dorú leis an leathbhord ba ghaire den chlaí é. Bior cinn an dorú a tharraingt as an talamh de ruathar a rinne sí agus é a athrú amach coiscéim mhaith sa talamh bán.

Oiread anbhá ina glór le páiste a ndúiseodh drochbhrionglóid as a shuan é.

"Fág bán an choiscéim is gaire do chlaí na teorann."

"Ach sin í an áit is doimhne dúrabhán sa ngarraí."

"Is cuma sin, fágadh muid an tsraith sin ag na . . . ag na daoine maithe."

Bhí cloigeann eile an dorú strachlaithe amach ina líne chomhthreomhar aici agus í ag caitheamh sneachta ar lorg a bhéil le liodán leadráin de sheanfhondúirí an bhaile a bhíodh ag níochán is ag tuar sna garranta cois srutháin nó gur ghreamaigh a gcuid ainmneacha den talamh: Tuar Dhónaill is Tuar Thomáis, Tuar Churraoin is Tuar Cháit.

Ní ar a cuid cainte a bhí aird aige ach é ar a bhionda ag iarraidh meabhair a bhaint as an neamhghnás a chur ag athrú áit na hiomaire í.

Níorbh iad rútaí na sceiche gile a raibh a craobhacha soineann-sínte go foscúil aniar thar claí a bhí ag tabhairt a dúshláin. Ní bhíonn puth as aer ar na beithígh faoina scáth sin nuair a shéideann doineann an gheimhridh isteach den teiscinn mhór, curtha ar a son fhéin go paiteanta aici. Ba léir dhó gur dallarán a d'easaontódh léi, is a liachtaí uair a bhfaca sé an dá bhó ag cogaint a gcíor faoi bhun na sceiche, chomh tirim sácráilte leis an damh ag fosaíocht an linbh sa stábla.

Siobáil i dtreo an chléibhín chlochmhóna a rinne Pádraic, ag múscailt Mharcais as geasa na hathchuimhne. É ag samhlú cnámha geala an linbh dhuibh i ndúrabhán na hithreach a fódaíodh go deifreach in am mharfach na hoíche.

"Tá a fhios agam cáil sé curtha, a Phádraic."

"Coinnigh i do bholg anois é má tá a fhios. Ní beag ar chothaigh sé de mhísc ar an dá shráid seo."

"Tóin an phríosúin a bhí dlite dhi má rinne sí aon éagóir ar an díthriúch."

"Deile cá gceapann tú ar chaith sí a saol ach i bpríosún? An smál sin ag síorchnádadh ina coinsias á coisceadh ar mhórchuid sóláis saolta. Ba é claochlú chlaonta a cuid aoibhnis é agus coscairt a hacmhainn gháirí. Cá bhfios nárbh é a d'fhág seasc í, gan curtha de mhaith ar an saol aici ach lorg a béil agus allas a cnámh. Ní dóigh sin de ná go bhfuil muid ag cur éagóir uirthi. Caitheadh muid tharainn é mar scéal. Ní linn a bheith ag tabhairt breithe, ní muid a bhí ina bróga."

Bhí teachtaireacht ina ghlór a d'fhág Marcas balbh ar ala na huaire, a shúile greamaithe den pháipéar, dreach na hógmhná a bhí ag dearcadh go himpíoch as lár leathanaigh air ag athrú de réir mar a thosaigh a chroí ag tál na trócaire.

Seanfhís

"Fainic tú fhéin, a Chóilín . . . fainic tú fhéin," a deirimse agus mo sheanchara chugam trasna an bhóthair thoir sa sráidbhaile maidin Aoine. Shéid buinneán cairr go bagrach ach ba é an cás céanna é: choinnigh Cóilín air go mallchosach trasna amhail is dá mba aige fhéin a bhí gach ceart. Rinne coscáin éagaoineadh agus boinn screadach bheag mhífhoighdeach mar a bheidís ar fad ag rá "Fág an bealach, a sheanduine" ach in ionad brostú, is amhlaidh a sheas Cóilín go dúshlánach i lár an bhóthair ar feadh ala an chloig nó gur tholl sé an tiománaí a bhí ag séideadh a bhuinneáin le saighead as amharc a shúl.

"Tugaigí póg do mo leath deiridh anois. Tá cead agamsa a dhul trasna an bhóthair chomh maith libh," a mhungail sé go cantalach sul má bhog sé leis i mo threo, a dhá láimh i ngreim go crua in adharca an tsean*bhicycle* Raleigh a bhíos mar thaca aige gach Aoine nuair a théann sé ag iarraidh a phinsin.

"Stiall cam oraibh le ruatharach a bheith oraibh," a deir sé. "Is furasta aithne ar bhur bhfeisteas gur beag samhaoin a bheas ar bhur gcuid oibre."

Bhí mise casta uaidh an uair sin is mé ag déanamh staidéir ar an spéir, má b'fhíor dhom fhéin, ar fhaitíos go gceapfadh na tiománaithe gurbh é m'athair é. Dá laghad scil dá bhfuil i léamh beola agam, bhí a fhios agam gur stropa F-annaí a bhí ag dul mar bheannacht i ndiaidh Chóilín.

"Ach meas tú cé as a bhfuil siad ag éirí chor ar bith an tráth seo bliana?" a d'fhiafraigh sé. "Ar ndóigh ní tráth saoire anois é. Ní bhíodh mac an éin bheo le feiceáil sa sráidbhaile ariamh ó d'imíodh na Gaeilgeoirí i ndeireadh an tsamhraidh."

"Ní bheidh na Gaeilgeoirí seo ag imeacht, a Chóilín," a deirimse. "Sé an chaoi a mbeidh tuilleadh acu ag teacht."

"Hea? I gcaitheamh an gheimhridh?"

"Geimhreadh agus samhradh, earrach agus fómhar, mar a chéile – ag obair don teilifís atá siad."

"Nár thé an phláigh thairis mar theilifís, is é atá ag bánú an tsaoil. Maraíodh bean aréir air."

"Ar maraíodh?"

"Maraíodh os comhair mo dhá shúil í. Á, muise ní fiú an deabhal na Gardaí."

"Is fearr dhomsa a bheith ag greadadh liom, a Chóilín."

"Cáil do dheifir ag dul nó go n-inseoidh mé mo scéal dhuit. Beir ar an deabhal, a deirimse leis na Gardaí."

"Cé air a raibh tú ag iarraidh breith?"

"Ar an bhfear a mharaigh an bhean istigh sa *television*, a deirim leat. Bhí mé ag fógairt isteach orthu is gan a dhath airde acu orm. Sin é ansin é, a phaca deabhail, a deirimse, nach bhfaca mé á marú é. An stumpa crosach sin, a deirimse, a bhfuil an cúl catach air. Bhí sé chomh maith dhom a bheith ag caint leis an mballa. Deabhal duine sa tír nár cheistnigh siad, is an t-amharsóir a rinne an sléacht ag gáirí. Á, nach beag an dochar don tír a bheith mar atá. Bhí a fhios agam ó thús na hoíche cé a mharaigh í. Bhí sé in am a dhul a chodladh faoi dheireadh nuair a thóg na Gardaí an reifíneach.

"Ara, scannán a bhí ansin, a Chóilín."

"Ní mba ea, a deirim, ach *murder.* Nach é atá uilig ar an *television* sin. Bhí dhá chaidhfte eile istigh inné ann i lár an lae ag bualadh *ball.*"

"Sin é Wimbledon, a Chóilín. An dtaithníonn sé leat?"

"Mo chuid tubaiste agus anachain na bliana air. Deabhal *ball* a bhí siad in ann a bhualadh díreach ag a chéile, pé ar bith cé a lig isteach sa *television* iad."

Triúr cairde a thug as sáinn mé. Gan é d'am acu seasamh ach do mo bhrostú ina dteannta mar go raibh sé ag tarraingt ar an am.

"Is fearr dhomsa a bheith á ghearradh, a Chóilín."

Ní ar mo chuid cainte a bhí aird aige ach a chuid malaí cruinnithe ag dearcadh go géar i ndiaidh an triúir a bhí tar éis caidéis a chur orainn.

"Cé iad sin?" a d'fhiafraigh sé go haimhreasach.

"Ag obair ar scannán atá siad sin," a deirimse is mé ag iarraidh a bheith ag baint coiscéim as.

"Á, cuid acu sin a bhí ina mbuilcín istigh sa mbeár nuair a chuaigh mé isteach ag ól pionta ar mo shuaimhneas an lá faoi dheireadh. Deabhal focal a bhí siad a ligint as béal a chéile ach ag gibireacht mar bheadh lachain ann. Chinn orm a dhéanamh amach an Béarla nó Gaeilge a bhí acu. D'imigh mé amach uilig as. M'anam go raibh siad ag cur lán mo chruite d'fhaitíos orm."

"Faitíos?"

"Caint ar *shoot* agus *cut* agus ar na rudaí seo a bhí siad. Meas tú arb iad a bheadh ag briseadh isteach is ag robáil na seandaoine?"

"Is beag an baol, a Chóilín. Téarmaí teilfíse iad an *cut* agus an *shoot* sin. Thuas timpeall sheanteach an tsagairt atá siad ag obair."

"Thuas ag seanteach an tsagairt? Á muise, a dheabhail ní bheidís ann nuair a mhair an Canónach, go ndéana Dia grásta air. Ag éalú suas is anuas thairis ar bharr a gcos a bhíodh cuid de na daoine ar fhaitíos go ndéanfadh sé seanmóir orthu."

"Saol athraithe é, a Chóilín," a deirimse is mé ag iarraidh dealú uaidh i mbun mo ghraithí.

"Saol athraithe! Ó, a dheartháir, saol in adharc an chochaill anois é. Thuas ag seanteach an tsagairt atá an slua anois agus gan duine ar bith sa séipéal. Deabhal a fhios ag cuid acu sin céard é séipéal. Nach iad na stocaí anois a fheiceas tú ag imeacht mar threabhsair orthu sa ngeimhreadh agus na treabhsair mar bheilteanna sa samhradh! Á, Gaeltacht ar anchaoi anois."

"Feicfidh mé thart thú, a Chóilín," a deirimse ag bogadh liom.

"M'anam nach bhfeicfidh, mura ruaigtear an phláigh seo; níl gair agam a dhul suas ag an dochtúir anois ag carranna. Sé an chaoi a ndéanfaidís brúitín i lár an bhóthair dhíom, is mé a shluaisteáil isteach i mboscaí mar bheatha madraí."

"Á, is beag an baol, a Chóilín," a deirimse, ag baint coiscéim as.

"Ó, foighid ort go bhfeice tú," ar seisean, ag casadh rotha tosaigh an tsean*bhicycle* ina bhealach fhéin chomh righin is dá mba rotha trucaile a bheadh sé a chasadh. "M'anam nach shin iad úll na haithne le tarraingt ort," a chuala mé ag rá leis fhéin é is muid ag dealú óna chéile.

Ní raibh deich gcoiscéim tugtha agam nuair a thosaigh sé ag béiciúch i mo dhiaidh.

"Á muise, a dheabhail, bhí an córas séarachais ag cur streall go haer an bhliain seo caite ach cuirfidh sé go gealach anois é nuair a thiocfas an scuaid seo soir go dtí an Trá Mhóir."

Níor chas mé ar ais i dtreo mo sheanchomrádaí ach mo lámh a chrochadh mar chomhartha tacaíochta do mhianach a thug dúshlán daoirse agus Dúchrónach. Mheas mé nárbh é an tráth ab fheiliúnaí é le rá leis go raibh an nuafhís tar éis mise freisin a chur ag sodar i ndiaidh na n-uasal.

Aiséirí

De réir a láimhe a stríoc Eimear gach folach dá feisteas. Gan fáth gan údar á deifriú nó gur thosaigh an daol nár mhothaigh sí le achar aimsire ag spochadh léi an athuair. Ní go pruisleach faoina cosa a spréigh sí a cuid balcaisí ach í á bhfilleadh go pointeáilte de réir a chéile nó gur sheas sí lomnocht os comhair an scátháin. Scáthán fada fairsing nár cheil ionga ná orlach dá colainn chaol phéacach.

Grian na Spáinne ag soilsiú go lonrach ar ghile chrua fáiscthe a craicinn isteach thrí dhoirse dúbailte na balcóine, iad béal in airde mar nár bhac sí lena ndalladh in aghaidh fiosracht súl. Cé a d'fheicfeadh í ar an urlár uachtair, sé stór ó thalamh? Folamh a bhí mórchuid de na hárasáin an tráth sin bliana. An dúlra ag creathadh leis an bhfuacht sa mbaile in Iarthar Éireann, cé is moite de na nóiníní bána a bhí tar éis dúiseacht go misniúil ar an bhfoscadh in ómós na Féile Bríde.

Ba deacair léi a shamhlú gurbh í an ghrian cheannann chéanna a rinne folach bíog ar shéasúr dúluachra an dúchais a bhí ag téamh a cuid másaí go taitneamheach san aeráid ghlórmhar seo. Gaethe geala ag tabhairt dúshlán an duibheagáin a bhí neadaithe ina croí le lá is bliain. Shlíoc sí síos a leath deiridh go téisiúil, gan roic ná seargadh le mothú ar fhad a cairín faoi phont fiosracha a méaracha. Shuc sí isteach pucháinín fánach de ghoile, á déanamh fhéin chomh sleamhain le heascann, gan ribe liath de mharach ar dhualta crón a cuid gruaige ná féith ag cnapadh i gcolpaí caola a cos. Ar fheabhas, a smaoinigh sí go bródúil, in aois mo thríocha ceathair bliain. Ardú meanman á cur ar thóir feisteas feiceálach snámha. Drioganna macnais ag cur fuinnimh ina colainn de réir mar a d'fháisc sí cuachóga ar iallacha an bhrístín. Rith a húdar spleodair go taitneamhach thrína hintinn: fear slachtmhar scafánta a bhain lán na súl aisti cois na linne snámha an lá roimh ré.

Í á grianadh fhéin go huaigneach ar an gcúlráid nuair a mhothaigh sí a chuid súile móra gorma ag líochán gach orlach dá colainn. Láíocht cheanúil le sonrú ina chlár éadain, cé nach ndearna sí ach sméideadh carthanais a roinnt leis. Smaoineamh a chur ag guairdeall go haireach amach ar an mbalcóin í. Ní raibh dé air, ná ar aon duine eile thart timpeall na linne snámha a bhí ag glioscarnach go gléghorm chúig stór síos uaithi. Linn a bhí suite go healaíonta mar dhíon ar an mbialann a dhealaigh an bloc árasán agus Óstán Las Palmeras óna chéile. Dhioc sí ar ais go sciobtha, an deifir tar éis meabhrú dhi gur dhóigh dá brollach nocht a bheith ag baint fad as muiníl i measc thionóntaí an óstáin. A chead sin acu, a smaoinigh sí le creathadh dá guaillí, a liachtaí uair a bhí caite aici á goradh fhéin ina craiceann dearg i gcaitheamh na mblianta ar an mbalcóin chéanna. Mhothaigh sí drithlíní an mhacnais á bíogadh an athuair ag sáinniú téagairín dea-mhúnlaithe a dhá cíoch i gcupáin bhioracha a bairr uachtair.

Feisteas nár cheil mórán ar an tsamhlaíocht, a mheas sí, á dearcadh fhéin aríst eile sa scáthán. Thob ann agus thob as aici fáinne a pósta a sciorradh dá méar. Seoda luachmhara a fáinne gealltanais ag spréacharnaíl ar ais uirthi mar a bheadh grá a cléibh ag caochadh súile. Beagáinín náire á damnú nuair a smaoinigh sí gur chuir sí na fáinní i bhfolach ar an té a chuir spéis ina cuideachta thíos cois na linne.

Shleamhnaigh sí banda a pósta timpeall a méire aríst is aríst eile. Gach cor ag tochras an uaignis a bhí ag neartú go goilliúnach ar bhéal a cléibh. Pléascadh amach ag caoineachán a rinne sí dá míle buíochas, an sólás a líon a croí le grá tráth ar thiomnaigh Steve an fáinne sin dá méar in ainm an Athar, an Mhic agus an Spioraid Naoimh, á athnuachan go goilliúnach.

An fonn scéiméireachta a bhí tar éis í a bhíogadh ina náire bhruite i ndeirge a héadain sa scáthán, agus an leaba dhúbailte sa gcúlra ag meabhrú di gur beag an rud is buaine ná an duine. Giúin bhog olagónta a chreath a beola is í ag dearcadh go brónach ar an éadach leapan a rómhair siad go mion minic nuair a théadh an grá páirteach i bhfiántas. Gach scréachóigín aoibhnis dá n-éalaíodh dá beola le linn dá lámha míne mánla a bheith ag scaoileadh cuachóga ag ciapadh crá a croí. Bhí a súile leata ag dearcadh ar an taobh den leaba a gcodlaíodh seisean, gan pluid ná braillín bainte as a bhfilleadh san áit a mbíodh sé ag sloigeadh na ngrást go séanmhar.

Dólás a chur an codladh sámh ar seachrán le n-aithneachtáil go follasach ar choigilt na n-adhart sa taobh nach raibh mórán suaimhnis i ndán dise, ag tnúthán le lámha Steve a mhothú go muirneach ina timpeall nuair a dhúisíodh sí de phreab as néal. Cuimhní cinn a ghoill chomh mór uirthi is gur chas sí go tnúthánach i dtreo na leapan. Impí ina glór ag tathaint air go truamhéalach, gan dá chumraíocht fanta aici ach ag cur cogar i gcluais an philiúir.

"Cén fáth ar imigh tú uaim, a Steve? Ba tú grian, gealach is réaltóg mo shaoil. Bhí chuile rud dá fheabhas againn. Anois níl tada againn, tada, tada, tada!"

Ciúineas ansin, nó gur lig sí don taom trá de réir mar a thuil sí. An piliúr fáiscthe go dlúth lena hucht nó gur thraoith meacan an ghoil i mbéal a cléibh. Gan gíog ná míog aisti nó gur éirigh léi guaim a chur ar a goilliúint. Seift a bhí curtha de gheasa uirthi fhéin aici le cúpla mí. Ní raibh cuimhní ná caoineadh chun Steve a thabhairt ar ais. Tosaí as an nua agus ligean do cheirín na haimsire an crá croí a leigheas. Leag sí an piliúr ar ais go haireach ina leaba, í ag dúnadh súile a hintinne ar Steve de réir mar a shleamhnaigh sí di a cuid fáinní is chuir sí i dtaisce go práinneach faoin bpiliúr iad.

I ndiaidh a cúil a shleamhnaigh sí amach as an seomra, ag dúnadh an dorais go ciúin ar a hanó. Coinnigh ort, a bhagair sí go dearfach, ag fáisceadh feisteas ní ba chaoithiúla os cionn a culaithe snámha, agus ag sciorradh méaracha a cos thrí rubar bog na bh*flip flops*. Níor ghéill sí spéis ná spás don athrú intinne ach breith go deifreach ar an mála a bhí réamhphacáilte agus é a thabhairt do na boinn i dtreo na linne.

Leoithne bheag gaoithe as baint rince as droim an uisce, ag meabhrú gaoth aduaidh ar Loch Lurgan. Grá dá dúchas ag foilsiú áilleacht an chuain nuair a théadh sí fhéin agus Steve ag seoltóireacht. Teach solais Cheann Boirne ag sealaíocht le lóchrann Oileán an Tuí nuair a d'ardaídís seolta as Oileáin Árann le contráth an tsamhraidh. Ise ar gor in ascaill Steve agus é ag gabháil an bháid go stuama ar a teile deiridh.

Seo é aríst é, a smaoinigh sí, á ruaigeadh as a hintinn go haibéil, bís uirthi ag iarraidh a hintinn a dhíriú ar an gcoill aeróg a bhí ag cur míshlacht ar chladach na Spáinne. Leamh, a mheas sí ag tógáil a hamhairc dhíobh agus á dhíriú i dtreo na céibhe, áit a raibh stadhan faoileán ag alpadh an dríodair éisc a bhí iascairí a chaitheamh i bhfarraige sul má thiocfaidís le balla. Nárbh é Steve a bheadh ina ghlóire, a chosa ag rith uaidh nó go mbuailfeadh sé bleid ar na fir farraige, cé go mba fánach é a thuiscint ar an roilleadh Spáinnise a theilgfidís ar ais leis. Ba sheo é aríst eile é, Steve, Steve, Steve, mar aingeal cuideachta aici cé gurbh eol di go raibh a ré caite go brách.

Níorbh iontas ar bith go raibh sí ina haonar cois linne. Gangaid sa seoide a ruaig i dtreo cúinne foscúil í. Cúl gaoithe agus aghaidh gréine ag cur faoi ndeara di nochtadh go dtí an feisteas snámha agus í á searradh fhéin go sócúlach ar cheann de na leapacha plaisteacha. Chaith sí súil timpeall ag tnúthán le nuaíocht an chomhluadair a d'ardaigh a cuid meanmaí an lá roimh ré. Duine ná deoraí dár chruthaigh Dia ariamh ní raibh de bhrabach ar an uaigneas.

Chuimil sí a dhath ar éigin den bhealadh gréine go cosantach ar a craiceann sul má chuaigh sí i muinín leabhair d'fhonn an t-am a mheilt. Seacht mbabhta ab éigin dhi tosaí an athuair de bharr a hintinn a bheith ag ruatharach. Múnóigín allais tar éis a mheabhrú di go raibh sé ina bhrothall ar an bhfoscadh. Is mairg nach mbainfeadh leas as, a smaoinigh sí, ag nochtadh a brollaigh beagán do mhuirniú na gréine agus ag dúnadh na súl in aghaidh éagóir an tsaoil. Ach bhí graithe dá dícheall aici ag iarraidh grá a cléibh a choinneáil ruaigthe as a hintinn. An lá atá ann is ciontsiocair leis, a mheas sí. Lá Fhéile Vailintín, lá a mbíodh aigne rómánsúil Steve á mhaíomh chun ceiliúrtha, é chomh bródúil le prionsa á treorú chun boird i mbialann áirgiúil eicínt. Níor dhóigh sin dhó ná deireadh seachtaine rómánsúil a bheith curtha in áirithe aige i bPáras nó ar chósta gréineach na Spáinne.

Le linn cheiliúradh Vailintín a shocraigh siad árasán dá gcuid féin a cheannacht san Óstán Las Palmeras. An ascaill bláthanna a thugadh sé abhaile chuici ag diúl as *vase* i lár an bhoird. Iad ag caithriú agus ag ceiliúradh earrach grámhar a saoil. Ach ba dise ab éigin bláthanna a sholáthar an t-earrach seo. Creathadh ina láimh á leagan go scáfar ar a uaigh dhá lá roimhe sin. Gan aird na ngrást aici ar na briathra sóláis a tháinig as béal an tsagairt le linn aifreann chinn bhliana na tragóide. An brón tar éis a cluasa a chalcadh nuair a thosaigh sí á thórramh an athuair i gcónra dhubh a hintinne. Dubh, dubh, dubh a bhí chuile rud. Dubh dorcha a bhí an oíche nuair a d'fhreagair sí clog gártha an dorais. Dubh a bhí folt gruaige an bhangharda nuair a bhain sí di a caipín d'fhonn an déistean a bhaint as an teachtaireacht mharfach.

"Timpiste bóthair," ar sise i nglór soiléir a ceirde, "tá Steve

Salann Garbh

gortaithe go dona." Dubhghorm a bhí Steve. A chuid súile dubha
dúnta ag fuil bhrúite. Píopa glan plaisteach ag silt na ndeor isteach
ina chuid féitheacha. Píopa gléghlan eile i bhfastó idir a pholláirí
agus an scámhóg leictreach a bhí ag tarraingt anála ar a shon.
Coicís aimsire a chaith sí i ngreim láimhe ann, ag tnúthán go
síoraí seasta le sméideadh óna shúil nó lena dhath ar éigin
d'fháisceadh óna chuid méaracha míne marbhánta. A cuid súile ag
tuineadh le dea-scéala ón bhfoireann leighis nó gur chuir an
príomhdhochtúir cogar ina cluais. "Níl aon leigheas in ann dhó," ar
seisean go dearfa i gcúlráid chliniciúil a oifige. "Innill mheicniúla
atá ag coinneáil an dé ann agus is leatsa an cinneadh a dhéanamh
maidir leis an tráth a gcasfar as iad."

Líon giúin na goilliúna oifig léanmhar an bhreithiúnais, a
mháthair is a mhuintir á fáisceadh go caointeach isteach leo, an
fhírinne shearbh á gcur ag craitheadh a gcinn in aontas leis an
dochtúir. Bheadh stampa a cuid deora go deo na ndeor ar an
gcáipéis a shínigh sí mar bhreithiúnas báis ar a cuid den tsaol.

Ba ré an achair di peann a chur le páipéar an athuair ag ceadú
baill a bheatha a athphlandáil in othair eile a bheadh ar aon bhranda
fola leis. Liosta le háireamh acu ó cheann ceann na tíre ag
feitheamh go foighdeach nó go dtugadh láthair fhuilteach na
timpiste brí na beatha ar ais dhóibh. Ba shin é an t-aon sólás a bhí
á suaimhniú ar ala na huaire: go raibh croí Steve beo bríomhar tar
éis créatúr eicínt a thógáil ó bhás go beatha, go raibh iasacht a chuid
duán ag tabhairt caighdeán agus fad saoil do dhuine eicínt a bhí ina
gcall. Go raibh amharc a shúl ag treorú daill nár léir dhó áilleacht
an tsaoil ariamh cheana. Sólás a thug an oiread suaimhnis di is gur
thosaigh sí ag bobáil chodlata. A cuid súile dúnta in aghaidh ghile
na gréine, a hanáil ag neartú ina shrannadh de réir mar a mheall an
néal chun suain í.

Ach an suaimhneas suain féin níor fhág buaine Steve gan tapú,
é chomh luaineach le glasóigín sráide go brionglóideach ina
hintinn. Seal ag nathaíocht go grámhar de réir mar a chuirfeadh

127

racht gáirí na súile móra gorma ag lonradh. Fuinneamh agus fearúlacht ina choiscéim ag freastal go paiteanta ar na custaiméirí sa teach ósta a bhí acu i lár an bhaile mhóir. É imithe i bhfolach scáth beag i ndomhain a hintinne nó gur scinn a charr timpeall coirnéil ar a bhealach abhaile. Í á bhéiciúch in airdeall thrína codladh de bharr go raibh an carr a bhí ag tabhairt dhá thaobh an bhóthair leis ag treabhadh go tréan ina threo. Dubh ansin, mar a chasfaí as an teilifís. Púicín fáiscthe go daingean in aghaidh láthair an áir aici. Cluas bhodhar tugtha do na Gardaí a mhionnódh gur carr goidte a chur i mbealach a bhasctha é. Ní raibh an tsiocair a thug giorrachán saoil dhó lena thógáil ó mhairbh.

Fuacht a dhúisigh í, clabhta dubh dorcha a bhí ag fánaíocht go scáfar thar éadan na gréine. Stangadh bainte aisti ag fear na súile gorma a bhí ag claibhtéireacht dhá stór os a cionn. Fad bainte as a mhuineál ag breathnú amach thar ráille na balcóine d'fhonn chuile orlach dá colainn a ghrinniú. A brollach a chlúdach de phreab an chéad mhaith a dhéanfadh sí murach dreach fáilí a éadain a bheith á bacadh. A spéis a chúiteamh le craitheadh beag dá láimh a rinne sí agus súile a thógáil dhe ar an toirt, leisce a bheith á bhíogadh le iomarca teanntáis. Í ag meabhrú di fhéin gur á sheachaint ba sábháilte di a bheith, ar fhaitíos gur ceann de bharúin mhallaithe na ndrugaí é. Tithe ceannaithe as éadan sa ruta seo den Spáinn acu má b'fhíor do cheannlínte na nuachtán. Ach bhí tarraingt nádúrtha eicínt i bpearsantacht an té seo ag mealladh a cuid súile in airde. Bhí sé glanta leis, dála an chlabhta a chur an meangadh ar ais ar éadan na gréine. A dhúil bainte aisti aige ach gan a brollach sách beadaithe lena choimpléasc craosach a shásamh, a mheas sí. Cluainíocht síos cois trá ag sracfhéachaint go gnéasúil ar eireoga óga a bheadh nocht go himleacán.

Níorbh é sin dá Steve, a ghealgháire ag lasadh ina croí le linn dá cogar a bheith ag gabháil leithscéil leis. Ba é an peaca nach raibh leanbhín dá gcuid fhéin acu. Ba leor sin lena coisceadh ar an gcathú, chaon duine acu ag cur an chinnidh go drogallach ar an méar fhada. Iad ag blaiseadh d'aer an tsaoil sul má chuirfidís an coirce síl. An teachtaire ag meabhrú go míosúil go raibh sí ag teannadh le tráth na cinniúna. Iad araon in aontas seal gairid sul má bhásaigh sé go raibh tráth na frithghiniúna thart. Beirt a bhí pleanáilte acu agus Lá Fhéile Vailintín roghnaithe ag Steve chun an dlaoi mhullaigh a chur mar oidhreacht ar chuingir an ghrá.

Cuimhne a bhog deora nó gur mhothaigh sí glór coilgneach ag teannadh lena sócúl. Máthair ag smachtú cúpla duine clainne a mheas sí nó gur bhain amharc a súl an chaint di. Fear na súile gorma ag dul go maolchluasach i dtreo na linne agus bean á bhuachailleacht go bagrach.

"Bastard bréan," a mhungail Eimear thrína cuid fiacla, ag clúdach a brollaigh agus ag déanamh crosóg chosantach d'fhad a cos.

"Ní ghabhfaidh tú ag snámh ná deabhail fad do choise, tá sé luath sa mbliain," ráite go teasaí ag an mbean eile sul má thug sí a comhluadar faoi deara. Í ag tláthú go follasach ar an toirt ach smacht le mothú ina cogar fós fhéin.

"As ucht Dé ort, a Tommy, is bíodh foighid agat. Cuimhnigh ar a ndeachaigh tú thríd. Tá an t-uisce sin chomh fuar is go stopfadh sé do chroí."

Go doscúch a ghéill sé. Ceann faoi á chur ag aimsiú cathaoir nó gur shín sé go ciúin tostach ar an bhfoscadh. Luisne na deirge ag neartú ina ghrua mar a bheadh gasúr a dtabharfaí bosóg go poiblí ar an tóin dhó. Cuirfidh an froisín sin srian le do chuid macnais, a chladhaire, a mhaígh Eimear le iontú searbh dá ceann. Níor thóg an bhean eile an meáchan dá cosa beag ná mór ach ag guairdeall timpeall na linne cé go raibh sé follasach gur bheag a suim in áirgiúlacht na n-áiseanna. Fuíoll na náire ag léiriú a húdar bréantais ó tharla gur rugadh uirthi ag ropaireacht go poiblí. Fálróid fhánach a míshuaimhnis á cur ag coisíocht go dtí an cúinne ab fhaide as láthair. Gan aithne uirthi nach ábhar iontais a bhí á greamú den talamh.

"Whirst! . . . Whirst! . . ." Faoi thrí a lig sé fead bheag dhiscréideach thrína chuid fiacla ar Eimear d'fhonn a haird a

tharraingt. An bhfuil náire ná cás ort, a bhleagaird, mar fhreagra sa
tsúil dhiúltach a chaith sí ar ais leis. A cuid súile gruama á tholladh
go seasta d'fhonn a shíordhearcadh a bhaint as fastó, ach bhí sé
fánach aici, súil caochta chomh fáilí ar ais aige is dá mba leis uilig í.
Drioganna cantail á taghdadh d'fhonn a chuid mí-iompair a
cháineadh go glórach. É chomh mín mánla is go gcaithfeá cion a
bheith agat air. Neamhaird iomlán a dhéanamh dá chaidéis an
bealach ab fhiúntaí le smacht a chur air.

Chuir sí dúthracht iomlán i leathanaigh an leabhair, cé gur
bheag é a spéis san ábhar.

"Whirst! . . . Whirst! . . . Hé!"

Bhí a chuid dánaíochta dochreidte, ach chuirfeadh an chluas
bhodhar ina áit fhéin é.

"Whirst! . . . Whirst! . . . Heileó!"

A chogar ag éirí bríomhar ach gan í ag tabhairt aird na ngrást
air. Ligint uirthi gur eachtrannach nár thuig a theanga í, murach
clúdach an leabhair a bheith á bréagnú.

Éirí, a cuid balcaisí a bhailiú agus é a leá le dairt dhiúltach dá
hamharc a bhí sí ar thob a dhéanamh nuair ba seo ar ais a bhean,
chomh caoithiúil le aingeal, á chomhairleachan go ciúin calma.

"Clúdaigh do chloigeann, maith an fear, is ná buaileadh an
ghrian thú."

Neamhaird a rinne sé dá comhairle, ag éirí ina sheasamh go
síochánta agus ag imeacht ó smacht i dtreo an choirnéil a bhí
tréigthe aicise. Cheil sí an mhíshocracht a ghin a chuid ceann-
dánaíochta le meangadh beag fáilí.

"Ní féidir fir a chomhairleachan," curtha go cairdiúil mar
chaidéis ar Eimear aici. D'aontaigh Eimear le craitheadh tuisceanach
dá ceann fhéin ag aimsiú abairt sa leabhar ar an toirt mar
chomhartha nach mba tráth comhrá é. Ach níor fágadh aon
roghain aici ach fanacht ina tost nuair a bhuail roilleadh cainte a
comhghleacaí. Í ag sceitheadh a rúin go ciúin as lár a croí mar a
bheadh tál an bhleachta ag tabhairt fuarú dá cliabhrach.

"Bím líonraithe go dtiocfaidh sé thar fóir ar fhaitíos go ndéanfadh sé aon damáiste. Níl dochar do Dhia ná do dhuine ann, an créatúr, is é is cineálta dár rugadh ariamh."

Dá mbeadh a fhios agat, a deir Eimear ina hintinn fhéin. Mheallfadh súgán sneachta i mbradaíl taobh thiar de do dhroim é. Gan de shuim sa scéal aici ach go gcaithfeadh sí cur suas leis, cosúil leis an aimsir. Dá mbeadh sé de dhánaíocht inti éirí agus imeacht, bheadh léi, ach bhí glór an scéalaí chomh lách réchúiseach is nach ligfeadh a croí di.

"Tá an oiread fulaingthe aige sin le blianta is a mharódh na céadta, isteach is amach in ospidéil. An croí, go bhfóire Dia orainn, go mba slán an áit a instear é, ba é a chriog a athair freisin. Sin é an fáth go bhfuil mé ag iarraidh srian a choinneáil air nó go neartóidh sé tuilleadh. Mheas mé go ndéanfadh teas na gréine maith dhó ar feadh seachtaine ó tharla briseadh lár téarma a bheith ón scoil agam. Bíonn an-mhargaí ag Ryanair. "Tommy! Tommy! Ar son Dé ort is bíodh foighid agat."

Bhí a glór chomh gártha is gur lean Eimear treo a hachainí. Scéin inti ag iarraidh Tommy a choisceadh. É tar éis an T-léine a bhaint de ar bhruach na linne. Bhí lorg scine chomh follasach ar a chliabhrach is nár fhéad Eimear gan suntas a thabhairt dhó. Stríoca caol fada a raibh dréimire greamanna le n-aithneachtáil thríd an gcneasú.

Sciorr scread bheag imníoch as béal na mná nuair a chaith Tommy i ndiaidh a mhullaigh isteach sa linn é fhéin. Nimh tús séasúir an uisce ag baint cnead as agus é ag aclú géag go tréan i dtreo na gcéimeanna. Ba é croí na mná a bhí ar thob stopadh. Imní chráite ag baint cainte go leithscéalach aisti.

"Chuaigh sé go doras an bháis nuair a cuireadh an obráid air: croí nua a fuair sé bliain don am seo. Tommy!" scréachta go himníoch aríst eile aici agus í ag rith chun fóiriúint air. Mhothaigh Eimear tocht ag moilliú a hanála. An mothú bainte ag brí an scéil aisti. A hintinn ina chíor thuaifil, amharc a súl á dalladh ag stánadh ar an stríoca dearg ar ucht Tommy nuair a tháinig sé amach as an uisce. É ag creathadh ó mhullach go sáil de réir mar a chas an bhean tuáille go crua ina thimpeall.

"Níl maith ar bith ag fógairt ort! Gabh i leith uait go beo nó go dtógfaidh tú folcadh a stopfas ag creathadh thú."

Ba léir go raibh an tomadh tar éis toraic a bhaint as. É ag géilleadh don láimh a bhí faoina ascaill aici á threorú ar ais ar an bhfoscadh, é a fhágáil ina sheasamh ar nós deilbhe a rinne sí agus brostú ag bailiú balcaisí. Chinn ar Eimear diúltiú dá shíor-spléachadh an babhta seo. "Deich a chlog anocht sa mbeár," ráite ina chogar aige ag caochadh súil chreathánach uirthi, sul má béigin dhó géilleadh do threoir a mhná.

Ar anchaoi a bhí Eimear fágtha, samhlaíocht a hintinne ag cur mearbhall uirthi. Ceisteanna le cur aici ach iad á bhfreagairt fhéin gan cur ar bith. A haon is a haon ag déanamh dó, a dó is a dó ag déanamh ceathair. Ba é a cloch nirt guaim a choinneáil uirthi fhéin. Ionú ag teastáil uaithi chun meabhair a bhaint as an tranglam smaointe a bhí á cur ag creathadh. Teitheadh go tapa i dtreo a hárasáin a rinne sí. An bleánach uisce a bhí tar éis silt as ina chosán dearg amach roimpi chomh cumhachtach leis an streall a chuireann sionnach mar chiumhais lena ríocht.

Chuir an contráth tost i nglór na n-éan. Chuir an ghrian i dtaisce a solas lae. Lámha an chloig ag fágáil slán le lá nach bhfillfeadh aríst go brách.

Ach bhí cinniúint an lae sin greanta go daingean in intinn Eimear. Doirse an árasáin curtha faoi ghlas, í fós ina culaith shnámha ar foscadh i dteas na leapan, á ceistiú fhéin i bhfianaise an scátháin mhóir, súile boga ag tnúth le treoir, ionann is cinnte gurbh é an croí mór ab ansa léi a bhí athphlandáilte go beo bríomhar in ucht Tommy. Sreang dheilgneach greamanna á chosc ar léimneach amach chuici. Ba é Tommy taibhse Steve á cur in ísle brí an fhuatha, i bhfianaise na mná eile a raibh sé ar stropa aici. Idir dhá chomhairle, fanacht ag cnádú go diomúch i bpríosún seo a páise, nó a dhul síos go misniúil go dtí an beár agus é a chur ina chlúid le fogha fíochmhar dá teanga. Gan fiacail a chur sa dearg-ghráin a bhí aici ar shlíomadóirí a théadh siar ar a bhfocal d'fhonn mianta na colainne a shásamh. Imní uirthi go dtitfeadh an drioll ar an dreall aici. Gurbh é croí geanúil Steve a bhí ag bíogadh Tommy chun collaíochta léi. Arbh fhearr leath ná meath? Síoraí seasc a mheabhraigh clog a colainne: ní dhiúlfadh leanbh go brách a cíoch mura dtapódh sí a deis sul má thréigfeadh an síol ithir na giniúna. Síol as croí Steve a bheadh Tommy a spré i dtaisce a broinne. Cumhdach naoi mí nó go saolófaí an ghin a rabhadar araon tiomanta dhó. Samhail linbh go muirneach i gcrúcaí a baclainne ag cur drithlíní aoibhnis ina croí.

Discréid onórach a chur i bhfeidhm fad is a bheadh sí ag tochras ábhar a mic as Tommy. Éalú ansin agus é a fhágáil i gcuingir na mná a bhí dlite go dleathach dhó. Síorshuaitheadh na smaointe ag ídiú an ama nó gur las buille a deich ar éadan a fóin póca. Tráth cairde á spochadh as teas na n-éadaí, cinneadh cróga á gríosadh nuair a lom sí an feisteas snámha. Sceitimíní á smíochadh ar thóir stíle a bheadh feiliúnach d'ócáid chomh sollúnta. Duibhe na bhfo-éadaí a raibh sí ag sleamhnú isteach iontu ag meabhrú dobhrón chinn bhliana. Dobhrón ba chiontsiocair lena teitheadh óna cheartlár ach an meall uaignis a bhí á sciúrsáil ag baile tar éis í a leanacht i dtreo na gréine.

Stad bainte aisti nuair a chur a fón póca siliúir as. Scéin inti ag teannadh siar uaidh. Cén chaoi a bhféadfadh a huimhir a bheith ina sheilbh? Faoiseamh nach raibh ann ach téacs. Deirfiúr Steve ag súil go raibh sí ag baint beagán sóláis as a briseadh. Ó, a Mhaighdean, taobh eile ar an scéal nár mhór di machnamh a dhéanamh air. Oiread millte is a bheadh leigheasta dá bhfilleadh sí abhaile torrach. Branda bastaird a bheadh mar chrois ar a gin nuair a thosódh cúlfhiacla ag mungailt a cionta. Ní chreidfí focal dá fáthscéal. An leas dóchais a bhí á maíomh chun máithreachais chomh léanmhar leis an mbró mhuilinn anois. Ní bheadh striapachas le cur ina leith go brách na breithe go fiú dá mbeadh a cailleadh den tsaol leis. Fonn uirthi caitheamh di aríst agus codladh ina troscadh. Gan a fhios aici beo cén dúil chráite a bhí á mealladh i dtreo an bheáir ach gur ann a bhí croí Steve agus go dtiocfadh sí thríd an mbruíon le bheith ina chuideachta. É ag stróiceadh an anama aisti nach mbeadh sí chomh gar sin go brách aríst dhó.

Bhí sé in am an cineál uaisleachta ba dual dá grá geal a mhúineadh don té ar thug a bhás fad saoil dhó. Ruibh a beartais á brostú go friochanta nó gur las a éadan go fáilteach nuair a chonaic sé chuige í. É ag bogadh ina treo, a dhá láimh sínte amach roimhe chomh neamhurchóideach ag breathnú le dhá láimh naíonáin. Isteach ina ghabháil a shiúil sí, an anáil ag imeacht uaithi nuair a mhothaigh sí a chroí ag bualadh go tréan. Croí a bhí á sucadh isteach leis dá míle buíochas. Gan í a shamhlú ach Steve nuair a d'fháisc sí an t-anam ar ais as. A cuid súile dúnta ar a timpeallacht d'fhonn fanacht sa ríocht seo chúns a mhairfeadh sí. A hintinn ar seachrán san aimsir chaite.

"Bhí imní orm nach raibh tú ag teacht chomh fada liom," ráite go ciúin ceanúil isteach ina cluais aige. An glór aduain ag meabhrú di nárbh é Steve a bhí sí a dhiurnáil, á dúiseacht as an bpaisiún a bhí á greamú de, nó gur leathnaigh a hamharc ar an mbean a bhí ina suí go stáidiúil á ndearcadh. A dhath ar éigin de mheangadh ag seargadh go cloíte ar chlár a héadain mar a bheadh sí ag sméideadh: an bhfuil náire ar bith ort do do náiriú fhéin os mo chomhair? Náire shaolta a d'fhág Eimear ag sloigeadh a hanála. Alltacht an iontais ag baint toraic as Tommy nuair a chur sí fad a láimhe amach uaithi as taghd é. Stad feirge ina glór nuair a d'éiligh sí freagra.

"Cén fáth a bhfuil sé de mhuineál agatsa a bheith ag cluainíocht liomsa?"

Chonaic sí an mothú ag imeacht as cnámh a ghéill, a chuid fearúlachta chomh cloíte is go raibh sé taobh leis an bhfocal.

"Hea?"

"Tá dhá lá caite agat do m'fhaire agus ag caochadh súile go

gnéasúil orm," ráite sách ard le cluasa na mná eile a aimsiú mar a bheadh sí ag teilgean an mhilleáin as a claonta fhéin.

"Ach . . . shíl mé nár mhiste leat. Níor theastaigh uaim ach aithne a chur ort."

"Bean phósta mise, bíodh a fhios agat."

Abairt a chur i ndiaidh a chúil é, a amharc ag leathnú go scéiniúil. Bhí aiféala uirthi nár smaoinigh sí a cuid fáinní a thógáil ón bpiliúr, ach níor staon sin í gan criogbhuille eile dá teanga a scaoileadh air.

"Cén sórt bréantais de dhuine thú ar chor ar bith, ag rith i ndiaidh mná eile os comhair do bhean chéile."

Leathnaigh a amharc tuilleadh, gealachán misnigh ag athrú a dhreacha mar a bheadh an spéir ag crochadh tar éis na doininne.

"Ach níl aon bhean chéile agamsa: sin í mo dheirfiúr."

Ba le Eimear anáil an mhilleáin a shloigeadh anois. An bhean eile tar éis éirí ina seasamh go cosantach.

"Níl pósadh ná céasadh ar an bhfear bocht, a leana. Bhí a dhóthain ar a aire nó go bhfuair sé an croí nua. Tá an-aiféala orainn, a stór. Níl deoraí thart anseo an tráth seo bliana a bhféadfá bleid a bhualadh orthu."

Bhí Tommy ag craitheadh a chinn in aontas léi. A dhá láimh in airde amhail is dá mbeadh gunna dírithe ar a chliabhrach. De ghlór séimh ómósach a ghabh sé a leithscéal.

"Iomarca driopáis is siocair don bhrochán seo. Gabhaim míle pardún leat, ní raibh a fhios agam go raibh tú pósta."

"Bhuel . . . á . . . níl mé pósta níos mó," arsa Eimear go stalcach místuama. "Bhí mé pósta ach is baintreach anois mé."

"Á Dia linn, chuile dhuine is a anó fhéin," arsa a dheirfiúr go cráite. "Tá do dhóthain ar t'aire is gan muide a bheith ag cur as dhuit. An n-ólfaidh tú deoch in éindí linn ar son na síochána?"

Le craitheadh dearfach dá ceann a thug Eimear freagra. *Brandy* le do thoil," curtha d'aguisín lena hachainí aici sul má d'éalaigh an bhean léi i dtreo an chuntair.

Tommy ba túisce a fuair an chaint leis. "Cén tsiocair bháis a bhí ag t'fhear céile?" ráite go dea-chroíoch aige. Choinnigh tocht ina tost í, a dhá láimh ag fíochán ina thimpeall dá buíochas. Gan a fhios aici anois cén croí ba tréine a bhí ag bualadh.